易混淆英文單字筆記

語意差異 × 例句說明
全面解析常用生活單字！

桂揚清／著

笛藤出版

國家圖書館出版品預行編目(CIP)資料

易混淆英文單字筆記：語意差異x例句說明 全面解析常用生活英單! /
桂揚清著. -- 初版. -- 新北市：笛藤出版, 2025.03
　面；　公分
ISBN 978-957-710-956-9(平裝)

1.CST: 英語 2.CST: 詞彙

805.12　　114000726

易混淆英文單字筆記：
語意差異×例句說明 全面解析常用生活英單!

2025年3月27日　初版1刷　定價320元

編 著 者	桂揚清
內頁設計	王舒玕
封面設計	王舒玕
總 編 輯	洪季楨
編　　輯	葉雯婷
編輯企劃	笛藤出版
發 行 人	林建仲
發 行 所	八方出版股份有限公司
地　　址	新北市新店區寶橋路235巷6弄6號4樓
電　　話	(02)2777-3682
傳　　真	(02)2777-3672
總 經 銷	聯合發行股份有限公司
地　　址	新北市新店區寶橋路235巷6弄6號2樓
電　　話	(02)2917-8022・(02)2917-8042
製 版 廠	造極彩色印刷製版股份有限公司
地　　址	新北市中和區中山路二段380巷7號1樓
電　　話	(02)2240-0333・(02)2248-3904
劃撥帳戶	八方出版股份有限公司
劃撥帳號	19809050

◆版權所有，請勿翻印◆
◆本書裝訂如有缺頁、漏印、破損請寄回更換◆

前 言

　　在學習英語的過程中，我們常常遇到一些意義相近的字，有時由於分不清它們之間的區別，以致影響對英語的正確理解和運用，為提供參考資料給有一定基礎的英語學習者，我著手編寫了這本《易混淆英文單字筆記：語意差異 × 例句說明 全面解析常用生活單字！》，希望能為讀者帶來學習上的助力。

　　書中所收錄的 219 組字、共計 500 多個單字，都是日常生活中的常見單字。選擇各組單字時，主要從學習者的實際需要出發，不局限於同義字而是著重收錄一些一般不認為是同義字、只是中文母語者使用上容易混淆的單字。

　　每組字的解釋和說明著重於實用，解說力求簡明扼要、通俗易懂，幫助讀者理解字與字之間的主要區別。為了使解釋和說明更加清楚，每個字的底下都有示範例句，方便讀者了解實際用法上的差異。

桂揚清

目次

CONTENTS

1. **ability** / **capacity** / **talent** ……… 17
2. **above** / **over** / **on** / **upon** ……… 18
3. **accept** / **receive** ……… 20
4. **accident** / **incident** ……… 21
5. **accurate** / **exact** / **correct** ……… 22
6. **ache** / **pain** ……… 23
7. **acquire** / **obtain** / **gain** / **get** ……… 24
8. **across** / **through** ……… 26
9. **affair** / **matter** / **business** ……… 27
10. **affect** / **influence** ……… 29
11. **afraid** / **fear** ……… 30
12. **after** / **behind** ……… 32
13. **ago** / **before** ……… 33
14. **agree to** / **agree with** ……… 34
15. **aid** / **assist** / **help** ……… 35
16. **aim** / **purpose** / **object** ……… 36

17. **allow / permit / let / promise** 37
18. **almost / nearly** 39
19. **aloud / loud / loudly** 40
20. **also / too / either** 41
21. **although / though** 42
22. **always / often / frequently** 43
23. **among / between** 44
24. **anger / indignation** 45
25. **animal / beast** 46
26. **announce / declare / proclaim** 47
27. **answer / reply** 48
28. **anxious / eager** 49
29. **any / some** 50
30. **argue / debate / dispute** 52
31. **arise / rise** 54
32. **arms / weapon** 55
33. **army / troops** 56
34. **around / round** 57
35. **arrive / reach** 58
36. **article / essay / composition** 59
37. **as / when / while** 60

38.	**as / because / for**	62
39.	**ask / inquire / question**	64
40.	**ask / beg / request**	66
41.	**attempt / try**	67
42.	**automobile / car / bus / coach / truck / lorry**	68
43.	**avenge / revenge**	70
44.	**await / wait**	71
45.	**awake / wake**	72
46.	**awful / terrible / dreadful / horrible**	73
47.	**bag / sack / satchel**	75
48.	**bank / shore / beach / coast**	77
49.	**banner / flag**	78
50.	**base / basis / foundation**	79
51.	**basic / fundamental**	80
52.	**battle / war / campaign**	81
53.	**beat / strike / hit**	82
54.	**beautiful / pretty / handsome**	83
55.	**begin / start**	85
56.	**below / under / beneath**	86
57.	**besides / except**	88
58.	**big / large / great**	89

59. **blossom / flower** 91
60. **boat / ship** 92
61. **boil / cook** 93
62. **bold / brave / courageous** 94
63. **borrow / lend** 95
64. **bring / take / fetch / get / carry** 96
65. **broad / wide** 98
66. **build / construct / erect / establish / found / set up** 99
67. **buy / purchase** 102
68. **cable / telegram / telegraph** 103
69. **call on / visit / see / drop in** 104
70. **calm / quiet** 106
71. **can / may** 107
72. **cap / hat** 108
73. **captive / prisoner** 109
74. **carry on / carry out / carry through** 110
75. **cause / reason** 111
76. **cease / stop / pause** 112
77. **center / middle** 113
78. **chance / opportunity** 114
79. **cheat / deceive** 115

80. **chicken / cock / hen** — *116*
81. **choose / select / elect** — *117*
82. **city / town** — *119*
83. **clever / wise** — *120*
84. **climate / weather** — *121*
85. **close / shut** — *122*
86. **clothes / clothing / dress** — *123*
87. **collect / gather** — *125*
88. **college / institute / university** — *126*
89. **commission / committee** — *127*
90. **communication / transportation / traffic** — *128*
91. **complete / finish** — *129*
92. **conceal / hide** — *130*
93. **conceited / proud / arrogant / haughty** — *131*
94. **conference / meeting / rally / congress / session** — *133*
95. **consequence / result / effect** — *135*
96. **consist of / consist in** — *136*
97. **cottage / hut / house / villa** — *137*
98. **country / state / nation** — *138*
99. **couple / pair** — *139*
100. **crawl / creep** — *140*

101.	**crazy** / **mad**	141
102.	**cirme** / **sin**	142
103.	**crop** / **harvest**	143
104.	**cry** / **shout** / **exclaim**	144
105.	**cry** / **weep** / **sob**	145
106.	**cunning** / **sly**	146
107.	**cup** / **glass**	147
108.	**cure** / **heal**	148
109.	**custom** / **habit**	149
110.	**dear** / **expensive**	150
111.	**decide** / **determine** / **make up one's mind**	151
112.	**defend** / **protect**	152
113.	**delegate** / **deputy** / **representative**	153
114.	**demand** / **require**	154
115.	**depart** / **leave**	155
116.	**department store** / **shop** / **store**	156
117.	**desire** / **wish** / **want** / **hope** / **expect**	157
118.	**desk** / **table**	159
119.	**die** / **pass away** / **perish**	160
120.	**different** / **various**	162
121.	**discover** / **invent**	163

122.	**distress** / **grief** / **sorrow**	164
123.	**doctor** / **physician** / **surgeon**	165
124.	**door** / **gate**	166
125.	**doubt** / **suspect**	167
126.	**drag** / **draw** / **pull**	168
127.	**draw** / **paint**	169
128.	**dress** / **put on** / **wear**	170
129.	**drill** / **exercise** / **practice**	171
130.	**duty** / **obligation** / **responsibility**	172
131.	**each** / **every**	173
132.	**earth** / **ground** / **land** / **soil**	174
133.	**elder** / **older**	176
134.	**enemy** / **foe**	177
135.	**enormous** / **huge**	178
136.	**error** / **mistake** / **fault**	179
137.	**esteem** / **respect**	181
138.	**evening** / **night**	182
139.	**examination** / **test** / **quiz**	183
140.	**example** / **instance**	184
141.	**exhausted** / **tired** / **weary**	185
142.	**factory** / **mill** / **plant** / **works**	186

143.	**family / home / house**	188
144.	**farmer / peasant**	190
145.	**fast / rapid / swift / quick**	191
146.	**fate / fortune**	193
147.	**festival / holiday / red-letter day / vacation**	194
148.	**few / a few / little / a little**	196
149.	**fight / struggle**	197
150.	**final / last**	198
151.	**find / look for**	199
152.	**flesh / meat**	200
153.	**foolish / silly / stupid**	201
154.	**forbid / prohibit**	202
155.	**freedom / liberty**	203
156.	**gift / present**	204
157.	**glasses / spectacles**	205
158.	**grasp / grip / seize**	206
159.	**grass / weed**	207
160.	**grave / tomb / cemetery**	208
161.	**happen / occur / take place**	209
162.	**harbour / port**	210
163.	**hare / rabbit**	211

164.	**have to** / **must**	212
165.	**hear** / **listen**	213
166.	**heaven** / **sky**	214
167.	**high** / **tall**	215
168.	**hill** / **mountain**	216
169.	**hotel** / **inn**	217
170.	**hurt** / **injure** / **wound**	218
171.	**idle** / **lazy**	219
172.	**ill** / **sick**	220
173.	**implement** / **tool** / **instrument**	221
174.	**indeed** / **really**	222
175.	**inform** / **notify**	223
176.	**insist** / **persist** / **persevere**	224
177.	**interpreter** / **translator**	225
178.	**journey** / **trip** / **voyage** / **tour** / **travel**	226
179.	**jump** / **leap** / **spring**	228
180.	**kill** / **murder** / **slaughter**	229
181.	**kind** / **sort**	230
182.	**know** / **recognize**	231
183.	**labour** / **toil** / **work**	232
184.	**laugh** / **smile**	234

- 185. **lawn / meadow / pasture** *235*
- 186. **learn / study** *236*
- 187. **lift / raise** *237*
- 188. **like / love / be fond of** *238*
- 189. **little / small** *240*
- 190. **look / see** *241*
- 191. **machine / machinery** *242*
- 192. **many / much** *243*
- 193. **memorize / remember / recall** *244*
- 194. **mend / repair** *245*
- 195. **mouse / rat** *246*
- 196. **officer / official** *247*
- 197. **oppress / suppress** *248*
- 198. **ought / should** *249*
- 199. **path / road / way** *250*
- 200. **pay / salary / wage** *251*
- 201. **people / person** *252*
- 202. **problem / question** *253*
- 203. **product / production** *254*
- 204. **propose / suggest** *255*
- 205. **pupil / student** *256*

206. **real / true** *257*

207. **reform / transform** *258*

208. **rescue / save** *259*

209. **say / speak / talk / tell** *260*

210. **seat / sit** *262*

211. **shake / tremble / shiver / shudder** ... *263*

212. **socks / stockings** *265*

213. **some time / sometime / sometimes** ... *266*

214. **story / tale** *267*

215. **stout / strong** *268*

216. **subject / theme / topic** *269*

217. **till / until** *270*

218. **triumph / victory** *271*

219. **worth / worthy** *272*

1 ability / capacity / talent   能力

• ability

意思是能力、才能。它可以指做某事的能力，而這種能力是能經由學習或鍛鍊獲得提高；也可以指聰明，才智。

例

I do not doubt your **ability** to do the work.
我不懷疑你有負責這項工作的能力。

He acquired the **ability** to run a machine in three weeks.
他在三個星期之內學會使用機器。
（意即他在三個星期之內獲得了使用機器的能力。）

At an early age he showed much **ability** for mathematics.
他年輕的時候就表現出對數學很有才能。

• capacity

也有能力的意思，但通常是指學習、理解或接受能力。有時可與 ability 通用，如上面第三個例句中的 ability，也可以用 capacity。

例

She has a **capacity** for learning languages.
她有學習語言的能力。

He has a mind of great **capacity**.
他接受能力很強。

• talent

意思是才能、才華，通常指某種比較特殊的、高超的才能。

例

He has a **talent** for drawing.
他有繪畫的才能。

He is a man of great **talent**.
他是個大有才華的人。

2　above / over / on / upon　在……之上

• above
意思是「在……之上」，著重指在上方。

例

The sun rose **above** the horizon.
太陽上升到了地平線之上。

The airplane flew **above** the clouds.
飛機在雲層上空飛行。

• over
意思也是在「在……之上」，通常可以和 above 替換，但含有垂直在上的意思。

例

The sky is **over** (above) our heads.
天空在我們的頭頂上。

A lamp hung **over** the table.
桌子上面吊著一盞燈。

注

over 還可以表示「蓋在……上面」，或「鋪在……上面」。用於此義時，不能用 above 代替。

例

Spread the tablecloth **over** the table.
把桌布鋪在桌子上。

• on
也表示「在……之上」，但含有和表面相接觸的意思。

例

The book is **on** the desk.
書放在桌子上。

There is an oil painting **on** the wall.
牆上有一幅油畫。

- **upon**

表示「在……之上」，也含有和表面相接觸的意思。它與 on 沒有太大的區別，但是為較正式的用語，口語中較少用。

例

He laid his hand **upon** the boy's head.
他把手放在孩子的頭上。

注

up 與以上幾個字不同，表示向上方或高處，含有由下而上，由低而高的意思，常和表示運動的動詞連用。它也可以當作副詞，表示在上方或高處。

例

We run **up** a hill.
我們跑上山。

The plane was high **up** in the air.
飛機在高空中。

3 accept / receive 接受

- **accept**

意思是接受,它所表示的行為是由主觀意願決定。

例

I **accepted** it without question.
我毫無疑問地接受了它。

We have **accepted** his proposal.
我們已經接受了他的建議。

- **receive**

意思是接到、收到、受到,它所表示的行為與主觀意願沒有什麼關係。

例

I **received** a letter from him.
我接到了他的來信。

He **received** the present, but he did not accept.
他收到了禮物,但沒有接受下來。

He **received** a good education.
他受過良好的教育。

注

在表示接待、接見時,我們通常用 receive,而不用 accept。

例

We often **receive** foreign guests.
我們經常接待外賓。

4 accident / incident 事故、事件

• accident
表示事故，通常指不幸的意外事件，還可以表示偶然的事件。

例
Twenty people were killed in the railway **accident**.
在這次火車事故中，有二十人死亡。

He met with an **accident** in riding.
他在騎馬時出了事。

It was quite an **accident**.
這完全是偶然的事。

• incident
意思是事件，尤指與較為重大的事件相比、顯得不重要的事件。它還可以用來表示引起國際爭端或戰爭等的事件。

例
It is a quite common **incident**.
這是很普通的事。

The Lugouqiao **incident** occured on July 7, 1937.
盧溝橋事變發生於 1937 年 7 月 7 日。

5 accurate / exact / correct　正確、精確

- **correct**

意思是正確,指按照一定的標準或規則沒有錯誤。在這三個字中,它的語意最弱。

例

His answer is **correct**.
他的回答是正確的。

The thing turned out to be **correct**.
事情結果是對的。

- **accurate**

意思是準確、精確。它不僅表示沒有錯誤,更進而表示細心謹慎地做到符合標準、事實或真相。

例

Clocks in railway stations must be **accurate**.
火車站的鐘必須準確。

The figures are not **accurate**.
這些數字不精確。

- **exact**

意思是精確、確切,強調完全符合標準,符合事實或真相,絲毫沒有差錯。在這三個字中,它的語意最強。

例

His translation is **exact** to the letter.
他的翻譯非常確切。

Your description is not very **exact**.
你的描述不太確切。

6 ache / pain   疼痛

- **ache**

意思指痛，通常指一種持續的隱痛。它可以和表示身體某部分的字組成複合字。

例

Where's the **ache**?
哪裡痛？

I have a **headache**（**stomachache** / **toothache**）.
我頭痛（胃痛／牙齒痛）。

- **pain**

意思是痛、痛苦。它是普通的用語，不含有持續疼痛的意思，指一種突然的劇痛。除指肉體上的痛外，也可表示精神上的痛苦。

例

I feel a great deal of **pain**.
我感到非常痛。

He cried with **pain**.
他痛得直叫。

I have a **pain** in the arm.
我手臂痛。

I have **pains** all over.
我渾身發痛。

It gave us much **pain** to learn of the sad news.
聽到不幸的消息我們很悲痛。

7 acquire / obtain / gain / get 獲得

• get
表示得到、獲得的意思時，是應用最廣泛的用語。不管是怎樣得到，幾乎都可以用 get 表示。

例

I **got** a favourable answer.
我得到了表示贊成的答覆。

Did you **get** my mail last Sunday?
上星期天你收到我的信了嗎？

Where did you **get** that hat?
你在哪裡買到那頂帽子？

Will you **get** me a ticket?
你可以替我弄張票嗎？

• acquire
意思是獲得、取得，一般指透過漫長的過程而逐漸獲得。

例

How did she **acquire** her skill?
她是如何學會技能的？

We should try to **acquire** good habits.
我們應該努力養成良好的習慣。

She **acquired** a bad reputation.
她得到不好的名聲。

• obtain
意思是得到、獲得，通常指透過努力或請求而得到，含有滿足要求或達到目的的意味。

例

He **obtained** experience through practice.
他透過實踐獲得了經驗。

The information was **obtained** as a result of various experiments.
經過種種試驗,結果獲得了這項資料。

He has **obtained** aid.
他得到了幫助。

• gain
意思也是得到、獲得,指透過努力而獲得某種有益或有利的東西。

例

His selflessness **gained** him high esteem.
他的無私精神使他得到了尊敬。

I hope you will **gain** still greater success.
我希望你們能獲得更大的成功。

8 across / through 穿過

- **across**

意思是橫過、穿過，指「從……的一邊到另一邊」。

例

I swam **across** the river.
我游過這條河。
（這裡指從河這邊游到對岸）

Let's help push the cart **across** the bridge.
我們幫忙把車子推過橋吧。

- **through**

意思是穿過、通過，指穿過兩邊。

例

We walked **through** the forest.
我們穿過森林。

The river flows **through** the city from west to east.
那條河從西到東流過城市。

9　affair / matter / business　事情、事務

• affair

意思是事、事情、事務。它的涵義最廣，可指已經發生或必須去做的任何事情，也可泛指事務（通常用複數，指重大或較複雜的事務）

〔例〕

The railway accident was a terrible **affair**.
那次火車事故是件可怕的事。

That's my **affair**, not yours.
那是我的事，不是你的。

We should concern ourselves with state **affairs**.
我們要關心國家大事。

• matter

意思是事、事情。它是普通用語，常指我們所寫到或談到的事情，要考慮和處理的事情。

〔例〕

This is a **matter** I know little about.
這件事我不太知道。

I'll ask someone about the **matter**.
關於這件事我會去問別人。

There are several **matters** to be considered.
有幾件事情要考慮。

〔注〕

在口語中，be the matters 相當於 be wrong，表示發生了失常的事或出了問題等意思。

〔例〕

What's the **matter**?
怎麼啦？

What's the **matter** with you?
你怎麼啦？

• business

它是普通用語，常表示生意、商業等意思。表示事情、事務時，往往指一種任務、責任或必須去做的事。此外，它有時還含有輕蔑的意味。

例

We do not do much **business** with them.
我們跟他們沒有多少生意往來。

It is a teacher's **business** to help his pupils.
幫助學生是教師的責任。

He made it his **business** to fetch water for a granny.
他把為一位老婆婆挑水當作自己應做的事。

It is not your **business**.
這不關你的事。

I'm tired of the whole **business**.
我對這事情實在感到厭煩。

注

這三個字有時可以通用，但不能任意替換。

例

Mind your own **business**.
少管閒事。

這裡的 business 可用 affairs 替換，但不好用 matters 取代。

10   affect / influence   影響

• affect
表示影響的意思時，是指產生一種足以引起反應的影響，它有時只表示「對……發生影響」，不含有好壞的意思；有時表示「對……發生不良影響」。

例

It does not **affect** me in the least.
這對我絲毫沒有影響。

The climate **affected** his health.
氣候影響了他的健康。

• influence
表示影響、感染的意思時，是指使思想、行為、性質或發展和成長等發生變化的影響。可以指壞的影響，也可以指好的影響，這種影響常常是潛移默化的。

例

Don't be **influenced** by bad examples.
不要被壞榜樣影響。

The weather **influences** the crops.
天氣影響農作物。

The learning enthusiasm of the students strongly **influenced** us.
學生們的學習熱情強烈地感染了我們。

11 afraid / fear 害怕

• afraid

意思是怕、害怕。它是形容詞，通常與 to be 連用，可以廣泛地用以表示害怕的心理。

例

Don't be **afraid**.
不要害怕。

We are not **afraid** of difficulties.
我們不怕困難。

That is what I was **afraid** of.
這就是我所害怕的。

I was **afraid** of hurting her feelings.
我害怕傷她的感情。

He is **afraid** to jump.
他不敢跳。

• fear

意思是害怕。它是動詞，與 be afraid 往往可以通用，但不如 be afraid 常用（特別是在口語中）。

例

We **fear** no difficulty.
我們不怕困難。

He **feared** to speak his mind.
他不敢說出自己的想法。

Fearing that he would catch cold, I went out to see him.
因為怕他會著涼，我去看他。

注

在口語中，be afraid 和 fear 可以表示擔心或懷疑的意思，作為一種客套用語。

例

I'm **afraid** we shall be late.
我們恐怕會遲到。

I **fear** it's not so.
恐怕不是這樣。

12　after / behind　在……後面

• after

表示時間時，意思是「在……以後」，它表示地點時，意思是「在……後面」，通常指次序的先後。

例

He came **after** ten o'clock.
他十點鐘以後來的。

Two days **after** his arrival, I called on him.
在他到達兩天以後，我拜訪了他。

He left on Monday and returned two days after.
他星期一走的，兩天以後就回來了。

"Against" comes **after** "again" in this dictionary.
在這本字典中，「against」排在「again」之後。

After you!
請！
（您先走！）

• behind

表示地點時，意思是「在……後面」或「跟在……後面」，著重指位置的前後。它有時也表示時間，指按照一定的時刻而遲到的意思。

例

The garden is **behind** the house.
花園在房子後面。

He stood **behind** me.
他站在我背後。

Walk close **behind** me.
緊跟在我後面走。

The dog was running **behind**.
狗跟在後面跑。

The train was **behind** time.
火車誤點了。

You are two hours **behind**.
你遲到了兩小時。

13 ago / before   在……以前

• ago

它是副詞，意思是「在……以前」。它指從此刻起若干時間以前，通常與過去式連用。

例

It happened two days **ago**.
這件事發生在兩天以前。

I met him a few minutes **ago**.
我在幾分鐘以前遇到他。

• before

也可以用作副詞，表示「在……以前」，但它是指從那時起若干時間以前，與完成式連用。

例

He said that he had seen her two days **before**.
他說他兩天以前見到她。
（這裡表示從他說話那時起兩天以前。）

It had been fine the day **before**.
（那天）前一天的天氣很好。

此外，before 也可以泛指以前：與完成式或過去式連用。

例

I've seen that film **before**.
我以前看過那部影片。

I never met him **before**.
我以前從未見過他。

注

before 還可以用作介系詞或連接詞表示時間，ago 不能這樣用。

14 agree to / agree with   同意

• agree to

意思是同意、應允。通常用於同意某件事情（我們可以同意自己看法不同但並不贊同的事情。）

[例]

Do you **agree** to this plan?
你同意這個計劃嗎？

He **agreed** to my proposal.
他同意了我的提議。

I **agreed** to his terms.
我同意了他的條件。

• agree with

意思是同意、贊同。常常用以表示和某人意見一致，也用以表示贊同某件事情。

[例]

I quite **agree with** you.
我很同意你。

Do you **agree with** me?
你同意我嗎？

I **agree with** all you say.
我同意你所說的。

15   aid / assist / help   幫助

- **help**

用作動詞表示幫助的意思時，語意最強，是最普通的用語，特別是在日常的談話中。

〔例〕

May I **help** you with your luggage?
我幫你拿行李好嗎？

He **helped** her in mathematics.
他幫助她學數學。

We **helped** him (to) mend his bicycle.
我們幫他修理自行車。

- **aid**

用作動詞表示幫助、援助的意思時，語意較弱，往往著重在受幫助者處於非常需要幫助的情況。它是比較正式的用語，在日常談話中不常用。

〔例〕

We **aid** him to do it.
我們幫助他做這件事。

They were **aided** by the mentor.
他們受到了導師的幫助。

- **assist**

通常用作動詞，意思是幫助，語意較弱、含有協助的意味。它也是比較正式的用語。

〔例〕

He **assisted** me in my work.
他幫助我工作。

She **assisted** him in his experiments.
她幫助他做試驗。

The government did much to **assist** the housing program for the poor.
政府大力協助窮人的住宅計劃。

16　aim / purpose / object　目的

• aim
意思是目的，指抱有一種明確的目的，並意味著為了實現而竭盡全力。

例

What's your **aim** in life?
你的人生目標是什麼？

The ultimate **aim** of the meeting is the realization of cost containment.
會議的最終目的是實現成本控制。

• purpose
意思是目的，指心中有打算，並意味著對所作的打算有較大的決心。

例

It was done with a definite **purpose**.
做這件事具有一個明確的目的。

For what **purpose (purposes)** do you want to go to Canada?
你想去加拿大的目的是什麼？

• object
表示目的的意思時，含有比較具體的意味，往往指在我們的行為中，需要或希望直接達到目的。

例

The **object** of my visit is to consult you.
我來訪的目的是來和你商量。

What is your **object** in studying English?
你學英文的目的是什麼？

注

以上這幾個字的涵義雖有差別，但在語言實際應用中，常被毫無區別地使用著。

17 allow / permit / let / promise   允許、答應

- **allow**

意思是允許、許可,一般是指聽任或默許某人去做什麼,含有消極地不反對的意味。

例

We **allowed** him to depart.
我們允許他離開。

Who **allowed** you to leave the camp?
誰允許你離開營地的?

I cannot **allow** you to do that.
我不能允許你做那件事。

allow 也可用以表示客氣的請求。

例

Will you **allow** me to use your pen?
我可以用你的筆嗎?

- **permit**

意思也是允許、許可,但是正式地許可,含有比較積極地同意某人去做什麼的意味。

例

I will **permit** him to do so.
我準備同意他這樣做。

The sentinel **permitted** the strangers to pass when they had given the countersign.
當這群陌生人說出口令後,哨兵就允許他們通過了。

注

allow 和 permit 的涵義雖然有所差別,但在語言實踐中,它們經常被通用。

(例)

Smoking is not **allowed** here.
此處禁止吸菸。

Smoking is not **permitted** in this theatre.
本戲院裡禁止吸菸。

• let

意思是允許、讓。它可以指積極地允許，但更多的是著重指不予以反對和阻止。其後所跟的受詞要接不帶 to 的不定式。用以表示客氣的請求時，可與 allow 通用。它比 allow 更口語化。

(例)

Her father will not **let** her go.
她父親不會讓她去。

Don't **let** this happen again.
不要再讓這種事情發生了。

Please **let** me know what happens.
請告訴我發生了什麼事情。

• promise

與以上三個字的意義不同，它表示答應、允諾，用於主語答應自己要做什麼的場合。

(例)

He **promised** to begin at once.
他答應立刻開始。

I **promised** (him) to attend to the matter promptly.
我答應（他）立即處理這件事。

They **promised** an immediate reply.
他們答應立即答覆。

18　almost / nearly　幾乎

• almost
意思是差不多、幾乎，有 very nearly 的意義。

例

He has **almost** finished his work.
他差不多完成了他的工作。

Almost no one took any rest.
幾乎沒有人休息。

• nearly
意思是差不多、幾乎、將近，所指的差距一般比 almost 大。

例

It's **nearly** five o'clock.
差不多五點鐘了。

Nearly everyone knows it.
幾乎每個人都知道它。

He's **nearly** ready.
他快準備好了。

注

almost 有時可與 nearly 通用，但當與 no、none、nothing、never 連用時，不能以 nearly 代替。如以上 almost 第一個例句中的 almost，可改用 nearly；而第二個例句中的 almost，則不能用 nearly 代替。

19　aloud / loud / loudly　高聲

• aloud

副詞，意思是出聲，含有使能聽得到的意味。也可以表示高聲，含有使遠處能聽得到的意味。

例

Please read the story **aloud**.
請朗讀這個故事。

They were shouting **aloud**.
他們在高聲地呼喊。

• loud

也可以用作副詞，意思是高聲地、大聲地、響亮地，常指在說笑等方面。

例

Don't talk so **loud**.
不要這麼大聲說話。

Speak **louder**.
說得大聲點。

• loudly

副詞，意思是高聲地，有時可與 loud 通用，但含有喧鬧的意味。

例

Someone knocked **loudly** at the door.
有人大聲敲門。

Don't talk so **loudly**.
不要這麼大聲說話。

（這裡的 loudly 可改用 loud。）

20 also / too / either   也

• also

意思是也，比 too 更正式，通常用於肯定句中，靠近動詞。

例

He **also** asked to go.
他也要求去。

I **also** went.
我也去了。

He came **also**.
他也來了。

• too

意思亦是也，是最普通的用語，常與 also 通用，但不如 also 正式，在口語中它用得更多。too 通常放在句末，但有時為了不致引起混淆不清的感覺，會把它緊放在所修飾的字之後。它通常用於肯定句中。

例

I went there, **too**.
我也去過那裡。

Mother was angry **too**.
母親也發怒了。

I, **too**, have been to Paris.
我也去過巴黎。
（這裡表示別人去過巴黎，我也去過。而不是除了去過某地，還去過巴黎。）

• either

意思亦當作也。它用於否定句中，而且要放在句末。

例

If you do not go, I shall not **either**.
如果你不去，我也不去。

I have not seen him **either**.
我也沒有看見過他。

I haven't been there yet, **either**.
我也沒有去過那裡。

21 although / though 雖然

• though

常用作連接詞，意思是雖然。在口語中它還可當副詞，一般放在句末，意思是可是、然而等。

例

He didn't light the fire, **though** it was cold.
天氣雖冷，他還是沒有生火。

Though it was very late, he went on working.
雖然很晚了，他還是繼續工作。

He said he would come; he didn't, **though**.
他說他會來，可是結果沒有來。

• although

它是連接詞，意思也是雖然。它在意義上和 though 沒有什麼區別，只是比 though 稍微正式些。此外，although 不用作副詞。

例

Although it was so cold, he went out without an overcoat.
雖然天氣很冷，但他沒穿外套就出去了。

He is quite strong, **although** very old.
他雖然很老了，但還是十分健壯。

22　always / often / frequently　總是、時常

- **always**

意思是永遠、總是。它與進行式連用時，表示再三地、總是等意思，有時表示生氣或不耐煩等涵意。

例

The sun **always** rises in the east.
太陽總是從東方升起。

I **always** get up at seven o'clock.
我總是在七點鐘起床。

The boy is **always** asking whys.
這男孩老是問個沒完。

- **often**

意思是時常、常常，強調經常性。

例

He **often** comes here to see me.
他時常到這裡來看我。

Do you **often** go to the library?
你常常到圖書館去嗎？

We have **often** been there.
我們時常去那裡。

- **frequently**

意思是時常、屢次。它可與 often 通用，但是強調次數頻繁。

例

Business **frequently** brings him to Taipei.
他時常因事到台北去。

He **frequently** comes here to see her.
他時常到這裡來看她。

23 among / between 在……中間

• between

意思是「在……中間」或「在……之間」,一般指在兩者之間。

例

There is a table **between** the two windows.
在兩扇窗戶之間有一張桌子。

I dropped it **between** my house and the station.
我在從家裡到車站的路途中遺失了此物。

We have our breakfast **between** seven and half past seven.
我們在七點到七點半之間吃早餐。

注

between 有時也表示在於兩個以上的事物之間,那是指在每二者之間。

例

The relationship **between** different countries…
國家之間的關係……
(這裡指兩個國家之間的相互關係。)

• among

意思是「在……中間」或「在……之中」,一般是指在三個或三個以上的同類事物之中。

例

Divide these **among** you three.
這些東西你們三人分吧。

The Nile is **among** the longest rivers in the world.
尼羅河是世界上最長的河流之一。

The teacher distributed them **among** the students.
老師把這些東西分給了學生。

24 anger / indignation 氣憤

• anger

意思是怒、氣憤,是很廣泛的用語。它可以表示各種強烈程度不同的怒,有時指的只是一種內在的情緒,沒有表現出來。

例

He spoke in **anger**.
他氣沖沖地說話。

He is in great **anger** about it.
他因此事而大發雷霆。

He was filled with **anger**.
他很生氣。

• indignation

意思是憤慨、氣憤,是比較正式的用語,通常指因非正義、卑鄙或侮辱性等事情所引起的氣憤。

例

It aroused public **indignation**.
這引起了公憤。

We feel strong **indignation** at Russia's aggression against Ukraine.
我們對俄羅斯侵略烏克蘭感到強烈的憤慨。

25 animal / beast 動物

• animal

意思是動物，是區別於植物而言，是動物的總稱，通常指獸、鳥、蟲、魚等。

例

It is an **animal** of monkey kind.
這是一種屬於猴類的動物。

The **animal** is hungry.
這隻動物餓了。

• beast

意思是四足動物，通常指不包括爬行動物的較大的四足動物。

例

The camel is a **beast** of burden.
駱駝是負重的動物。

The tiger is a **beast** of prey.
老虎是猛獸（食肉獸）。

26 announce / declare / proclaim 宣布

• announce
意思是宣布、宣告、預告，常指首次公開或正式宣布人們關心的某件事情。

例

The government **announced** that the danger was past.
政府宣布危險已經過去。

It was **announced** that the international science conference would soon be held in Tokyo.
據預告國際科學大會不久將在東京召開。

• declare
意思是宣布、聲明，指以明確的、正式的話語公開宣布某件事。

例

The chairman **declared** the exhibition open.
主席宣布展覽會開幕。

When will the results of the election be **declared**?
選舉結果何時宣布？

He **declared** himself innocent.
他宣稱他本人無罪。

• proclaim
表示宣布、宣告、公佈這種意思時，常指由官方正式宣布某件事，尤其指重大的事件，著重要使大家都知道。

例

In 1776 General Washington **proclaimed** to the world the founding of the United States of America.
1776 年華盛頓將軍向全世界宣布了美利堅合眾國的成立。

They **proclaimed** her a model teacher.
他們宣布她為模範教師。

27　answer / reply　回答、答覆

• answer

意思是回答、答覆，是最普通的用語，包括用口頭、書面或行動回答。它可以用作及物動詞或不及物動詞。

例

He **answered** my question.
他回答了我的問題。

It is a difficult question to **answer**.
這是一個難以回答的問題。

Please **answer** my letter as soon as possible.
請儘快回信給我。

They left a boy to **answer** the bell.
他們留下一個孩子應門。

• reply

意思也是回答、答覆，但比 answer 更正式。它指用口頭或書面回答，嚴格地說，是指有針對性地詳細地回答。它也指用行動回答。reply 常用作不及物動詞，回答某人或某事時，後面要接 to；當它與直接引語或子句連用時，才用作及物動詞。

例

I did not **reply** to him.
我沒有答覆他。

I have not yet **replied** to his letter.
我還沒有回覆他的信。

For a moment he did not know how to **reply**.
他一時不知道如何回答。

We **replied** to the enemy's fire.
我們回擊了敵人的炮火。

"Even if you gave me some gold, I wouldn't help you," Dick **replied**.
「即使你給我黃金，我也不會幫你。」狄克回答道。

He **replied** that he might go.
他回答說他可能會去。

28　anxious / eager　渴望的

• anxious

表示渴望的、切望的等意思時，含有未知結果如何，有點為之擔心的意味。

例

I am **anxious** for his success.
我期望他成功。

He was **anxious** to meet you.
他渴望見到你。

We were **anxious** to reach home before dark.
我們很希望在天黑前到家。

We are **anxious** that he (should) do his bit.
我們寄望他能盡到自己的本分。

• eager

意思是渴望的、熱切的，著重指渴望什麼或渴望做什麼的熱情或迫切心情。

例

They are **eager** for success.
他們渴望成功。

He is **eager** about his progress.
他渴望進步。

He is **eager** to join a computer club.
他渴望參加電腦社團。

29　any / some　一些

• **any**

一般用於疑問句、否定句或條件子句中，表示什麼、一些或一點等意思，但有時可以不譯出來。

例

Have you **any** new books?
你有（什麼）新書嗎？

No, I have not **any** new books.
我沒有（什麼）新書。

Have you **any** money with you?
你身邊有（一些）錢嗎？

If there is **any** trouble, let me know.
如果有什麼困難，請告訴我。

• **some**

通常用於肯定句中，表示一些、一點等意思。

例

I have **some** new books.
我有一些新書。

Please give me **some** water.
請給我一點水。

Give me **some** more, Please.
請再給我一些。

注

① any 用於肯定句中時，表示「任何……」或「隨便……」等意思。

例

you may come at **any** time.
你隨便什麼時候來都可以。

② some 用於疑問句中時,表示期望得到肯定的回答,或表示邀請或請求等意思。

例

Aren't there **some** envelopes in that drawer?
那個抽屜裡不是有些信封嗎?

Would you have **some** tea?
你要喝點茶嗎?

Will you buy me **some** stamps?
請您幫我買些郵票好嗎?

30　argue / debate / dispute　辯論、爭論

- **argue**

表示辯論、爭論的意思時，指提出理由或論據以支持或反駁某種意見或主張，著重於說理。

(例)

What are you **arguing** about?
你們在辯論什麼？

I **argued** with him a whole day.
我跟他辯論了一整天。

They **argued** about it for a long time.
關於這件事他們辯論了好久。

- **debate**

意思是辯論、爭論，通常指就公開的問題、雙方的爭論進行正式辯論，著重於雙方各自闡明自己的論點。

(例)

They **debated** hotly about current affairs.
他們就時事問題辯論得很熱烈。

The subject was **debated** till a late hour.
這個題目一直辯論到很晚的時候。

(注)

debate with oneself 表示在心中考慮問題，拿不定主意。

(例)

I am **debating** with myself whether I should go.
我正在考慮是否應該去。

- **dispute**

表示辯論、爭論的意思時，著重指意見有衝突，這種辯論往往是激動的或熱烈的。

例

They **disputed** about the meaning of this word.
他們辯論這個字的意義。

They **disputed** how to get the best results.
他們爭議如何才能取得最好的效果。

31 arise / rise 升起

• rise

常表示升起、起來等意思。它表示「起床」的意義時，比 get up 更正式，但不如 get up 常用。

例

The sun **rises** in the east.
太陽從東方升起。

The audience has **risen** to their feet.
聽眾都站起來。

He **rises** very early.
他很早起床。

• arise

常表示出現、發生等意思。它雖然也可以表示升起、起來、起床等意思，但現在一般不用於此義，特別是在口語中。

例

A new problem has **arisen**.
出現了一個新的問題。

How did the quarrel **arise**?
爭吵是怎樣發生的？

32 arms / weapon 武器

• arms

arm 的複數形式,意思是武器,著重指用於戰爭的具體的武器,如槍炮等。

例

The civilians there have taken up **arms** to defend themselves.
那裡的平民已拿起武器自衛。

The soldiers had plenty of **arms** and ammunition.
士兵們有充足的武器和彈藥。

Lay down your **arms**!
放下(你們的)武器!
(這是令敵人投降時的用語。)

• weapon

意思也是武器,單複數形式都用。它的意義比 arms 廣泛,除指用於戰爭的各種武器外,還指雖然不是為戰爭而製造,但是可以用作進攻或防守的器具。如槌、石頭等。此外,weapon 還可以用於借喻。

例

The atom bomb is a **weapon** of mass slaughter.
原子彈是一種大規模屠殺的武器。

Look to your **weapons**.
當心你的武器。

A foreign language is a **weapon** in the struggle of life.
外語是人生競爭的一種武器。

33 army / troops 軍隊

• army

表示軍隊的意思時，著重指軍隊這個整體。和 navy（海軍）、air force（空軍）相對而言時，特指陸軍。

例

Without a well-trained **army** the battle couldn't have won.
若沒有訓練精良的軍隊，這場戰爭就不可能贏。

We will have not only a powerful **army** but also a powerful air force and a powerful navy.
我們將不僅擁有一個強大的陸軍，還有一個強大的空軍和海軍。

He is an **army** commander.
他是軍長。

• troops

意思是軍隊、部隊，著重指士兵這個集體，而不是指個別士兵。

例

They sent **troops** to the front.
他們把軍隊調往前線。

The **troops** took up their position on the hill.
軍隊在山上布好了陣勢。

注

army 可用以表示大群的人或其他動物；troop 可用以表示一群人或其他動物，尤指在行進中的人或其他動物。

例

An **army** of workers.
一大群工人。

A **troop** of school children.
一群小學生。

34 around / round   在……周圍、環繞……周圍

around 與 round 都可以用作介系詞和副詞。

• around
意思是「在……周圍」、圍繞、到處，表示靜止的位置。

例

They sat **around** the table.
他們圍繞桌子坐著。

I found nobody **around**.
我發現周圍沒有人。

• round
意思是「環繞……周圍」、循環地，表示一種活動的狀況。

例

The earth moves **round** the sun.
地球環繞太陽旋轉。

A wheel goes **round**.
輪子旋轉著。

注

這兩個字現在可以通用，只是 around 多用於美國，round 多用於英國。

35 arrive / reach   到達

• **arrive**

不及物動詞，表示到達什麼地點時，後面應接介系詞 in 或 at。一般來説，到達一個大地方常用 in，到達較小的地方常用 at，但這不是絕對。（與地方副詞連用時，不用任何介系詞。）

例

He **arrived** in Taipei yesterday.
他昨天到達台北。

Doctor Lin **arrived** in New York in spring 1988.
林醫師於 1988 年春天到達紐約。

We **arrived** at the station in hot haste.
我們急急忙忙趕到車站。

• **reach**

表示到達什麼地點時，是及物動詞，後面直接跟表示地點的名詞。

例

The team **reached** the summit in record time.
這支隊伍在預計時間內到達山頂。

When does the train **reach** London?
火車什麼時候到達倫敦？

注

get 也可以用作不及物動詞，表示到達什麼地點，後面接介系詞 to（與地方副詞連用時，不用任何介系詞）。與 arrive 和 reach 相比，它比較口語化。

例

When do we **get to** Taipei?
我們什麼時候到達台北？

When did you **get** here?
你是什麼時候到這裡的？

36 article / essay / composition
文章、論文、作文

• article
表示文章、論文的意思時，通常指記敘文或論說文。

例

The **article** explains how the machine works.
這篇文章說明了這部機器如何運作。

There is an **article** on education in the paper.
報紙上有一篇談論教育的文章。

• essay
表示文章、論文的意思時，通常指文學上的散文、隨筆、雜文等；也指學術性論文。

例

We shall read Yeats's **essays**.
我們將讀葉慈的雜文。

Can you write an **essay** in English?
你能用英文寫一篇論文嗎？

• composition
表示寫作、作文的意思時，尤指學習語文者為練習寫作而做的作文。

例

He is learning **composition**.
他在學習寫作。

The students were required to write a **composition** in English.
要學生寫一篇英文作文。

37　as / when / while　當（在）……的時候

這三個字都可以用作連接詞，表示時間關係，但有所區別。

• when
用作連接詞表示時間關係時，意思常常是「當（在）……的時候」。主句和子句中的動作或事情可以同時發生，也可以先後發生。

例

It was raining **when** we arrived.
當我們到達的時候，正下著雨。

When we were at school, we went to the library every day.
我們在求學的時候，每天都到圖書館去。

I'll go **when** I have had my dinner.
我吃完飯再去。

• while
用作連接詞表示時間關係時，意思也是「當（在）……的時候」，主句中的動作或事情，在子句中的動作或事情的進展過程中發生。它有時可與 when 通用，但它只能指一段時間（a period of time），而不能指一點時間的（a point of time）。如上面第二個例句中的 when，可以用 while 代替；而第一個例句中的 when，就不好用 while 代替。

例

Please don't talk so loud **while** others are working.
別人在工作的時候，請勿大聲講話。

While I am washing the floor, you can be cleaning the windows.
我洗地板時，你可以擦窗戶。

- **as**

用作連接詞表示時間關係時，意思也是「當（在）……的時候」，往往可與 when 或 while 通用，但它著重指主句和子句中的動作或事情同時發生。

例

I saw him **as** he was getting off the bus.
當他下公車的時候，我看見了他。

As he walked on, he felt himself getting more and more tired.
他繼續往前走的時候，感到越來越疲乏。

38 as / because / for　因為

這三個字都可以用作連接詞，表示原因或理由，但有區別。

• because
用作連接詞時，意思是因為，表示直接而明確的原因或理由，這三個表示原因的字中，它的語意最強。

例

He had to stay at home yesterday **because** he was ill.
昨天他必須待在家裡，因為他病了。

I did it **because** they asked me to do it.
我做這件事是因為他們請我做。

Why can't you do it now?
你為什麼不能現在做這件事？

……**Because** I'm too busy.
……因為我太忙。

• as
用作連接詞表示原因或理由時，意思是因為、既然，語意不如 because 那麼強。當理由是明顯的、或者被認為是已知的時候，則用 as 比較適合。

例

As he was not well, I decided to go without him.
因為他身體不舒服，我決定獨自去了。

As it was getting very late, we soon turned back.
因為已經很晚了，我們很快就回來了。

As it's raining, you'd better take a taxi.
既然在下雨，你最好搭計程車。

- **for**

用作連接詞表示原因或理由時，意思是因為，用以說明理由，只是解釋性的。在上述三個字中，它的語意最弱。很少用於口語中，也不用於句首。

例

I asked her to stay to tea, **for** I had something to tell her.
我請她留下來喝茶，因為我有事要告訴她。

We must get rid of carelessness, **for** it often leads to errors.
我們一定要克服粗心的毛病，因為粗心常常引起差錯。

It must have rained, **for** the road is wet.
一定下雨了，因為路是濕的。

39　ask / inquire / question　詢問

• ask

表示問、詢問的意思時，是最普通的用語，通常表示只是為了獲得回答或了解某事而提問。

例

I **asked** him if he could come.
我問他能不能來。

I will **asked** him how to get there.
我要問他怎麼去那裡。

I **asked** him how the matter was going on.
我問他事情進行得怎樣。

• inquire

表示詢問的意思時，與 ask 同意思，但是是比較正式的用語。它與 into 連用時，表示查詢、調查的意思。

例

I have **inquired** of him whether he could help me.
我已經問過他能不能幫助我。

She came to **inquire** about her friend's health.
她來詢問她朋友的健康狀況。

He **inquired** of me about our work.
他向我詢問了我們的工作情況。

We must **inquire** into the matter.
我們必須調查這件事。

- **question**

表示詢問、審問、提問等意思時，含有提出一連串問題的意思。

例

I **questioned** him about the matter.
我問他這件事。

He was **questioned** by the police.
他受到警察的審問。

At first the girls read a chapter from their books, then the teacher began to **question** them.
首先，女孩們讀了書中的一個章節，然後老師就開始問她們問題。

40 ask / beg / request 請求

• ask

表示請求、要求的意思時，是最普遍的用語，含有期待答覆（往往是肯定答覆）的意味。

> He **asked** me to help him.
> 他請求我幫助他。
>
> I **asked** him for advice.
> 我向他請教。
>
> He earnestly **asked** to join the golf club.
> 他誠摯地要求參加高爾夫俱樂部。

> 注
> ask 表示邀請時，相當於 invite，不屬於上述範圍。

• beg

表示請求的意思時，含有謙恭或懇求的意味。現在常用於客套語中。

> I **begged** him to stay.
> 我懇請他留下來。
>
> They **begged** us not to punish them.
> 他們懇求我們不要處罰他們。
>
> I **beg** to differ.
> 恕我有不同的意見。

• request

表示請求、要求的意思時，通常指比較正式或有禮貌的請求。

> Visitors are **requested** not to touch the exhibits.
> 參觀者請勿用手碰觸展覽品。
>
> We **request** you all to be seated.
> 請你們全體入座。

41 attempt / try 試圖

- **try**

表示試圖、試著、努力的意思時，是較普通的用語，通常指努力去試著做某件事。

例

He **tried** to solve the problem.
他試圖解決這個問題。

I doubt if I can do it, but I'll **try**.
我恐怕不能做好這件事，但是我會試一試。

He **tried** his best.
他盡了最大的努力。

- **attempt**

表示企圖、試圖、試做的意思時，是比較正式的用語，指打算要做成一件什麼事情，但常常含有做不成的意味。

例

The prisoner **attempted** to escape but failed.
囚犯企圖逃跑，但是未能成功。

They **attempted** to finish the work in a week.
他們試圖在一星期內完成這件工作。

Don't **attempt** things impossible.
不要試圖去做不可能做到的事情。

42 automobile / car / bus / coach / truck / lorry　汽車、公車、客運、卡車

• automobile

汽車的總稱，口語中常用 auto。與 motorcar 通用，美國多用 automobile，英國多用 motorcar（通常出現在舊時代的文學、正式語境或歷史背景中）。

例

We should continue to develop the **automobile** industry.
我們還要繼續發展汽車工業。

Please get an **automobile** for me.
請幫我叫一輛汽車。

• car

通常指載人的小汽車。

例

Did you walk or come by **car**?
你是走路還是開車來的？

We went by **car**.
我們是開車去的。

• bus

通常指公車，也指大客車。

例

Shall we walk or go by **bus**?
我們要走路，還是搭公車？

The school **bus** will leave at 8:00 on Tuesday morning.
校車星期二上午八點鐘離開。

• coach

除指舊式四輪大馬車外,現在常指長途客運。

例

We'll leave by **coach** for Tainan.
我們將搭乘長途客運前往台南。

• truck

通常指大卡車,常用以運貨,也可以載人。

例

We often carry articles on a **truck**.
我們常以卡車運貨。

• lorry

也是指大卡車,與 truck 同義。英國通常用 lorry,美國通常用 truck。

注

train(有軌電車),trolley-bus(無軌電車),jeep(吉普車)和 taxi(計程車)等字一般不易混淆,這裡就不一一解釋了。

43 avenge / revenge   為……報仇

• avenge
意思是「為……報仇」，一般指對非正義行為或壓迫等給予應有的懲罰。它常指出於正義感為別人報仇，也可指為自己報仇。

例

A battle cry rang out on Height 601: "**Avenge** General Lin."
戰鬥的口號響徹了六〇一高地：「為林將軍報仇。」

He will **avenge** his friend on the murder.
他要為他的朋友向兇手報仇。

He **avenged** himself on his enemies.
他向敵人報仇。

• revenge
意思也是「為……報仇」，著重指由於受害為了出氣洩憤而給予報復性的懲罰。它一般是指為自己報仇，但也可指為他人報仇。

例

They **revenged** themselves on the ruffian by burning down his house.
他們向惡徒報仇，燒了他的房屋。

I **resolved** to revenge myself on the enemy.
我決意向敵人報仇。

He **revenged** his father.
他為父親報仇。

44 await / wait   等待

• wait

意思是等、等候、等待，是普通用語。它多用作不及物動詞，也可用作及物動詞。

例

Please **wait** a minute.
請等一下。

We shall **wait** till he comes.
我們要等到他來。

I am **waiting** for a friend of mine.
我在等一個朋友。

We are **waiting** for the rain to stop.
我們在等待雨停。

He is **waiting** his opportunity.
他在等待機會。

• await

意思也是等、等候、等待，著重指等待斷定會來的人或事物。它不如 wait 普通，通常用作及物動詞。

例

She was at the door **awaiting** him.
她在門口等他。

I **await** your answer.
我等候你的答覆。

A warm welcome **awaits** you.
熱烈的歡迎在等待著你。

45　awake / wake　醒來

• wake

表示醒、醒來、叫醒、弄醒等意思時，最普通、最常用。它可以用作不及物動詞和及物動詞，可以與 up 連用。

例

Has he **waked** (up) yet?
他醒了沒有？

What time do you usually **wake** (up)?
你通常在什麼時候醒來？

Please **wake** me (up) at five.
請在五點鐘叫醒我。

Don't **wake** the baby.
別把孩子弄醒。

• awake

表示醒、醒來、叫醒、弄醒的意思時，比 wake 稍微正式些，不如 wake 常用。它也可以用作不及物動詞和及物動詞，但不與 up 連用。此外，它還可以作形容詞，用作補語，意思是醒著的。

例

I usually **awake** at six.
我通常在六點鐘醒來。

The sound of the doorbell **awoke** the baby.
門鈴聲把孩子弄醒了。

Is he **awake** or asleep?
他是醒著還是睡著了？

注

在被動語態中，被叫醒或弄醒一般多用動詞 waken 或 awaken。

例

I was **awakened** by the cry of the baby.
我被小孩的哭聲驚醒了。

46 awful / terrible / dreadful / horrible
可怕的

這幾個字意義很相近，只有細微的區別。

• awful
意思是可怕的，指對某種特殊的人或事物所產生的害怕，讓人感覺好像是被某種力量給鎮住般，有嚇得發愣的意思。有時它可表示敬畏的意思。在日常用語中，它還可以表示很壞的、很糟糕的或令人反感的等意義。

例

He died an **awful** death.
他死得很慘。

What **awful** handwriting!
多麼糟糕的筆跡！

• terrible
意思也是可怕的，指對某種具有令人難以忍受的巨大力量的事物所產生的懼怕，有令人感到極端恐怖不安的意味。在日常用語中，它也可以表示極壞的、令人反感的等意義。

例

A **terrible** fire destroyed six houses.
可怕的大火燒毀了六棟房屋。

How can you go out in such **terrible** weather?
這種壞天氣你怎麼還能出去？

• dreadful
意思也是可怕的，指因對某種事物害怕而引起驚恐，有令人感到不寒而慄的意味。在日常用語中，它也可以表示很壞的、令人不愉快的等意義。

例

The earthquake was a **dreadful** disaster.
地震是一種可怕的災難。

What **dreadful** weather!
多麼討厭的天氣！

- **horrible**

意思也是可怕的,不僅令人感到害怕或恐怖,而且使人感到厭惡而憎恨。在日常用語中,它也可以表示很壞的、很糟糕的或令人反感的等意義。

例

The landlord treated the girl servant with **horrible** cruelty.
主人以駭人聽聞的殘酷手段對待女佣人。

What a **horrible** dress!
多麼糟糕的衣服呀!

47 bag / sack / satchel 袋、包

- **bag**

意思是袋、包，應用最廣，指用布、皮或紙等所製作的各種袋、包。

例

a travelling-**bag**
旅行袋（包）

a tool-**bag**
工具包

a **mailbag**
郵件袋（郵差用的）

a paper **bag**
紙袋

a hand-**bag**
女用手提包

a school **bag**
書包

- **sack**

意思也是袋、包，但應用較窄，通常指用粗布、粗麻或硬紙等製成的大袋、大包（large bag）。

例

two **sacks** of wheat
兩袋小麥

two **sacks** of potatoes
兩袋馬鈴薯

- **satchel**

指皮包或小帆布包,可用於攜帶輕便的東西,尤供學生攜帶書籍等,常指學生用的書包。通常帶有特定的懷舊或時尚語感,在日常對話中使用頻率比不上「bag」或「backpack」。

例

He met several boys with **satchels** over their shoulders.
他遇到幾個背著書包的孩子。

注

pocket 通常是指衣服口袋,與以上幾個字有明顯的差別,不要混淆。

48 bank / shore / beach / coast
河岸、海灘、海岸

- **bank**

意思是岸，大多指河岸。

例

The town is on the **bank** of the river.
那個城鎮在河岸上。

- **shore**

意思也是岸，指海、湖、大河等的岸，常含有與水相對的意味。

例

The ship stopped a little way off the **shore**.
這艘船停在離岸不遠的地方。

- **beach**

意思是海灘、湖灘，通常指漲潮時有水，退潮時無水的有沙子或卵石的海灘或湖灘。

例

The children are playing on the **beach**.
孩子們在海灘上玩。

- **coast**

意思是海岸，僅指沿海之岸，特別是作為水域邊界。

例

There are big harbours on the west **coast** of Taiwan.
台灣的西海岸上有大港口。

49 banner / flag   旗幟

• flag
意思是旗，是普通用語，應用比較廣泛。

例

They lowered the national **flag** to halfmast to mourn the passing of the prime minister.
他們降半旗為首相的逝世致哀。

The **flag** is streaming in the wind.
旗子隨風飄揚。

The ship was dressed with **flags**.
船上懸掛著旗子。

• banner
意思是旗幟、旗。它常常表示象徵性的旗幟，但也可以表示旗。當表示旗時，是文學語言，或是比較莊重的用語，不如 flag 通俗。

例

We must hold high the great **banner** of human right.
我們要高舉人權的偉大旗幟。

Our group was awarded a golden **banner**.
本隊得了金旗獎。

50 base / basis / foundation 基礎

• base
表示基礎的意思時，常指某物的具體的基礎。它還表示基地，常指軍事或工業方面的基地。

例

The column stands on a narrow **base**.
柱子豎立在狹窄的基礎上。

Kaohsiung is an important industrial **base** of our country.
高雄是我國重要的工業基地。

• basis
表示基礎的意思時，通常用於借喻，指抽象的基礎，也表示根據的意思。

例

We must unite on the **basis** of common interests.
我們要在共同利益的基礎上團結起來。

It does not rest on a scientific **basis**.
這沒有建立在科學的基礎上。
（這沒有科學根據。）

• foundation
表示基礎的意思時，既可指某物的具體的基礎，又可用於借喻，指抽象的基礎，也可以表示根據的意思。當指具體的基礎時，著重指堅實的下層基礎，通常是在地下（base 指在地上面的基礎）。當用於借喻時，與 basis 大致相同，但其語氣較重。

例

They are busy laying the **foundation** of a house.
他們正忙著給一棟房子打地基。

Agriculture is the **foundation** of the national economy.
農業是國民經濟的基礎。

This report has no **foundation**.
這個報告是沒有根據的。

51　basic / fundamental　基礎的、基本的

• fundamental

意思是基礎的、基本的、根本的，現在主要用以說明抽象的事物。

例

We must have a good grasp of the **fundamental** principles of supply and demand.
我們必須弄通供需的基本原理。

A **fundamental** change has taken place in physical science.
物理科學發生了根本性的變化。

• basic

意思是基礎的、基本的。當說明抽象事物時，它和 fundamental 往往可以通用。說明具體事物時，通常多用 basic。

例

This is a **basic** principle.
這是一個基本原理。

They have a good command of the **basic** vocabulary.
他們已很好地掌握了基本字彙。

52 battle / war / campaign   戰鬥

• battle
意思是戰鬥、戰役,是一般用語。它通常指大規模的戰鬥,可能只持續幾小時,也可能持續好幾天。

例

The **battle** lasted three days.
戰鬥持續了三天。

They won (lost) the **battle**.
他們打了勝仗(敗仗)。

• war
意思是戰爭,一次戰爭(war)包含許多次戰鬥(battle)。

例

The **war** in Ukraine has caused immense suffering for millions of people.
烏克蘭戰爭已經給數百萬人帶來了巨大的痛苦。

We have had two world **wars** in 20th century.
在 20 世紀中我們已經歷了兩次世界大戰。

• campaign
意思是戰役,通常指在某一地區所採取的一系列有固定目標的軍事行動。一次戰役(campaign)中也可能包含多次戰鬥(battle)。

例

The Waterloo **campaign** was one of the greatest campaign of decisive significance in the history of Europe.
滑鐵盧戰役是歐洲歷史上具有決定意義的最大戰役之一。

注

campaign 還可以表示運動。

例

A public health **campaign**.
公共衛生運動。

53　beat / strike / hit　打

• beat
表示打的意思時，通常指連續地打。

例

He **beat** the child hard.
他把這孩子痛打了一頓。

He was **beating** a drum.
他在打鼓。

• strike
表示打的意思時，是很普通的用語，通常表示打一下、打若干下等意思，不一定都是有意的。

例

He **struck** the gong several times.
他敲了幾下鑼。

He was **struck** dead by lightning.
他被閃電擊中身亡。

• hit
表示打的意思時，往往可與 strike 通用。但著重表示打中、擊中的意思時，一般用 hit。

例

He **hit** me on the head.
他打了一下我的頭。

You have **hit** the mark.
你打中了目標。

54 beautiful / pretty / handsome   美麗、漂亮

• beautiful

意思是美麗的、漂亮，是最普通的用語，可以形容人、物、景色等各種方面，表示給人愉快的感覺。用它形容人時，著重於品格、精神方面，一般是形容女性；用以形容小孩時，既可形容女孩，也可形容男孩。

例

She is very **beautiful**.
她很美麗。

What a **beautiful** little boy!
多麼漂亮的孩子。

She cared for **beautiful** things.
她喜愛各種漂亮的東西。

In autumn the mountain looks **beautiful**.
秋天山景美麗。

• pretty

意思是美麗、漂亮，著重於小巧，優美或雅致，足以悅目或悅耳。用它形容人時，一般用以形容小孩或年輕的女性。

例

She is a **pretty** girl.
她是一個漂亮的女孩。

This is a **pretty** house.
這是一棟很漂亮的房子。

What a **pretty** room!
多麼漂亮的房間！

- **handsome**

表示由於調和、勻稱、雅緻等而顯得好看，且有英俊、端莊、端正等含義。用它形容人時，多用以形容男子，而少用以形容女性。

例

He is a **handsome** fellow.
他是個英俊的男子。

Would you describe that lady as beautiful or **handsome**?
你看那位婦女是漂亮還是端正？

What a **handsome** old building it is!
那是一座多麼好看的古老的建築物啊！

55　begin / start　開始

• begin

意思是開始，是很普通的用語，指開始某一行動或行程，與 end 相對。

例

It's time to **begin** work.
是時候開始工作了。

She **began** to work in the factory at the age of fifteen.
她十五歲開始在工廠裡做工。

The meeting will **begin** at eight o'clock.
會議將於八點鐘開始。

At what time does the performance **begin**?
表演什麼時候開始？

• start

表示開始的意思時，往往可與 begin 通用，但它著重於開始或著手這一點，與 stop 相對。

例

When did you **start** work?
你什麼時候開始工作的？

He **started** to study English.
他開始學英語。

The child **started** crying.
小孩哭起來了。

It's time to **start**.
是時候開始了。

56　below / under / beneath　在……下面

這幾個字用作介系詞表示位置時，都有「在……下面」的意思，但其含義有所區別。

• below

表示「在……下面」的意思時，指處於比某物低的位置，不一定在某物的正下方。

它的反義字是 above。

例

Write your name **below** the line.
在線下寫上你的名字。

We are **below** the moon.
我們在月亮下面。

• under

表示「在……下面」的意思時，有時可與 below 通用，但它指處於某物的正下方，其反義字是 over。

例

He stood **under** a tree.
你什麼時候開始工作的？

The cat was **under** the table.
貓在桌子下面。

- **beneath**

表示「在……的下面」的意思時，相當於 below，尤其相當於 under。但這是舊用法或文學用語，現在很少用。

例

Children are playing **beneath** the window.
孩子們在窗戶下面玩耍。

注

down 與以上幾個字不同，意思是「自……往下」，指「自上而下」或「由高而低」，常與表示運動的動詞連用。它的反義字是 up。

例

He fell **down** the stairs.
他從樓梯上跌了下來。

57　besides / except　除……之外

• besides

用作介系詞時,表示「除……之外」、「還有」或「還(也)……」等意思;也可用於否定句中,表示「除……之外」或「沒有(不再)……」,這時可用 except 取代。

例

There are many others **besides** me.
除了我以外,還有很多人。(包括我在內)

What did you buy **besides** these books?
除了這些書以外,你還買了些什麼?(包括這些書)

We have no other tools **besides** these.
除了這些工具以外,我們沒有別的了。

• except

用作介系詞時,表示「除……之外」,即……不包括在內。

例

We go there every day **except** Sunday.
除了星期天以外,我們每天都去那裡。

I looked everywhere **except** there.
除了那裡以外,我到處都看過了。

Nobody was late **except** me.
除了我以外,沒有人遲到。

58 big / large / great 大的

這三個字都可以表示大的意思，往往可以通用，但亦有所區別。

• big

表示大的意思時，多指面積、體積、重量或範圍、程度等。這個字很常用，也很口語化。

例

In front of the house stood a **big** tree.
房子前面有一棵大樹。

I've caught a **big** fish.
我捉到一條大魚。

He is a **big** boy now.
他現在是個大孩子了。
（這裡表示身材高大並有長大了的意思。）

The box is too **big** to carry.
箱子太大了，不好拿。
（這裡指箱子大而重的意思。）

He works in a **big** factory.
他在一家大型工廠裡工作。

• large

表示大的意思時，多指面積、體積、容積、範圍或數量等。這個字也很常用，但不如 big 口語化。

例

This is a **large** window.
這是一扇大窗戶。

I saw a **large** animal yesterday.
我昨天看到一隻大型動物。

They live in a **large** house.
他們住在一棟大房子裡。

Our factory is a **large** one.
我們的工廠是個大廠。

A **large** number of people came from all parts of the country to see the exhibition.
很多人從全國各地來參觀這個展覽會。

• great
常常表示偉大的意思，當指面積、體積或範圍等表示大的意思時，帶有一定的涵意。

例

I found a **great** table in my room.
我發現我的房間裡有一張好大的桌子。
（這裡帶有感到驚異的意思。）

This is a **great** river..
這是一條大河。

59 blossom / flower 花

• flower
意思是花,是很普通的用語,通常指一般植物的花、開花植物、花卉。

例

The plant is coming into **flower**.
這植物正在開花。

The **flowers** are out.
花開了。

Put the **flowers** out on the balcony.
把花擺在陽台上。

• blossom
意思也是花,尤其指果樹上的花,樹上的花叢。

例

The **blossoms** are out.
花已綻放。

The tree has an excellent **blossom** this year.
今年這棵樹鮮花盛開。

The apple trees are in **blossom**.
蘋果樹開花了。

注

還有 bloom 一字也是花的意思,尤指供觀賞的花,但現在主要只用於片語 in bloom 中。

例

The roses are in full **bloom** now.
玫瑰花現正盛開。

60 boat / ship 船

• boat
意思是船、艇，是普通用語，主要指用槳、篙、帆或引擎的小船、小艇，但有時也指大型輪船。

例

We crossed the river by **boat**.
我們乘船過河。
（這裡可指上述任何一種船。）

They pulled the **boat** up on to the shore.
他們把這艘船拖上岸。
（這裡一般指小船。）

When does the **boat** leave for New York?
這艘船什麼時候開往紐約？
（這裡一般指輪船。）

• ship
意思是船、艦，多指大的航海船隻。

例

The **ship** is at sea.
船在航海。

They went to London by **ship**.
他們乘船去倫敦。

This is a merchant **ship** of 5,000 tons.
這是一艘五千噸的商船。

注

還有 vessel 一字，主要指用於運人、運貨或用於捕魚、作戰的大船，尤指航海船隻，但不太常用。

61 boil / cook　沸騰、烹調

• boil

意思是沸騰、（水）開；煮沸、在沸水中煮。

例

When water **boils** it changes into steam.
水沸騰時就變成蒸氣。

The kettle is **boiling**.
水壺水燒開了。

I **boiled** the water.
我燒了開水。

Please **boil** me an egg.
請替我煮個蛋。

• cook

意思是烹調、做飯菜。它表示可以採用各種辦法料理食物，如煮、焙、烤、炸等。

例

She knows how to **cook**.
她會烹調。

Who will **cook** the dinner?
誰來煮飯？

Meat **cooks** not so quickly as vegetables.
肉不像蔬菜那麼快就能煮好。

cook 在這裡不是著重於用水煮，而是著重於煮成料理。

62 bold / brave / courageous 勇敢的

• bold
意思是大膽的、勇敢的，著重指大膽、勇敢的氣質，表現出有膽量、敢闖或敢於對抗。

例

Be **bold**!
大膽些。

It is very **bold** of us to venture to go to sea.
我們冒險航海是很勇敢的。

• brave
意思是勇敢的，應用最廣泛，通常指在危險、困難或可怕的情況下表現勇猛而不畏縮。

例

Be **brave**!
勇敢些！

It was **brave** of him to enter the burning building.
他敢進入那燃燒著的房屋，真是勇敢。

• courageous
意思是勇敢的、無畏的，表示由於有勇敢的氣質或不屈不撓的精神，而能無畏地對付某種事情，常常用於表示道義上的勇敢。

例

He is **courageous** in telling the truth.
他敢於講實話。

We hope that they will **courageously** shoulder their responsibilities and overcome all difficulties.
我們希望他們能夠勇敢地負起責任，克服一切困難。

63 borrow / lend 借

• borrow
意思是借,指借入或借用他人的東西。

(例)

I **borrowed** a book from my schoolmate.
我向同學借了一本書。

May I **borrow** your dictionary?
可以借用一下你的字典嗎?

• lend
意思也是借,但是指將東西借出給別人。

(例)

Who **lent** you this book?
誰借給你這本書的?

Please **lend** me your dictionary.
請把你的字典借給我。

64 bring / take / fetch / get / carry　帶、拿

這幾個字都有帶、拿等的意思，但有所區別，不能任意使用。

• bring
意思是帶來、拿來、取來，指從別處把某人或某物帶到或拿到說話者所在的地點來。

〔例〕

Why don't you **bring** him along?
你為什麼不帶他一起來呢？

My books are upstairs; will you **bring** them down?
我的書在樓上，您可以把它們拿下來嗎？

Our country **brings** us freedom and happiness.
我們的國家給我們帶來了自由和幸福。

• take
意思是帶去、拿走，和 bring 相反，指從說話者所在地把某人或某物帶去或拿走。

〔例〕

We'll **take** the students to the secondary school.
我們將帶學生到中學去。

Someone has **taken** my dictionary.
有人把我的字典拿走了。

Please **take** these exercise-books to the teacher's office.
請把這些練習本送到教師辦公室去。

• fetch
意思是去請、去接、去拿，或是來請、來接、來拿。指從某地到別處去把某人請來、接來或把某物拿來。指從說話者所在地到別處，或指從別處到說話者所在地。

〔例〕

He went to **fetch** a doctor.
他去請醫生了。

Please **fetch** me the dictionary.
請把字典拿來給我。

The chair is in the garden; please **fetch** it in.
椅子在花園裡，請把它搬進來。

• get

意思和 fetch 相同，也表示從某地到別處去把某人請來或把某物拿來。但 get 比 fetch 常用，意思較廣泛，特別是在口語中。

〔例〕

I'll go and **get** a doctor for you.
我去幫你找個醫生。

Get me some paste.
幫我弄點漿糊來。

• carry

表示帶的意思時，是指隨身攜帶，不表示帶到什麼地方。

〔例〕

Why do you **carry** an umbrella on such a fine day?
天氣這麼好，你為什麼要帶雨傘？

Each man **carried** a rifle.
每個人帶著一支步槍。

65 broad / wide 寬的

這兩個字都有寬的意思，但用法各有不同。

• broad
意思是寬的、寬闊的、廣闊的，著重指幅面的寬廣。

例
The river grows **broader** as it nears the sea.
河越接近海就越寬闊。

We saw the **broad** ocean.
我們看到廣闊的海洋。

• wide
意思是寬的，著重指從一邊到另一邊的距離（寬度）。

例
The river is about thirty feet **wide**.
這條河約三十呎寬。

The stairs are **wider**.
這樓梯比較寬。

66　build / construct / erect / establish / found / set up　建築、建立

• build

意思是建築、建造、建設。這個字用得最廣泛，它既可與表示具體事物的名詞（house、road、bridge、ship 等）連用，也可與表示抽象事物的名詞（socialism、hope 等）連用。

例

The house is **built** of wood.
這房子是木頭造的。

We are **building** the city.
我們在建設城市。

• construct

意思是建築、建造，著重指根據某一設計進行構造。它與 build 大致同義，往往可以通用，但不如 build 通俗，多用於書面語中。

例

They have **constructed** a new reservoir.
他們建了一個新水庫。

The story is skillfully **constructed**.
故事的構思相當巧妙。

• erect

意思是豎立、建立、建築，常常表示建立有一定高度的東西。它有時可與 build 通用。但不如 build 通俗。

例

The monument was **erected** to the memory of the national heroes.
這座紀念碑是為紀念國家英雄而豎立的。

They have **erected** a new house.
他們建造了一棟新房子。

- **establish**

意思是建立、設立，含有穩固地建立，使之能長期存在的意味。它既可與表示具體事物的名詞連用，也可與表示抽象事物的名詞連用。

例

We have **established** a new school.
我們建立了一所新學校。

New scientific centres have been **established** through-out the country.
全國各地建立了許多新的科學研究中心。

They want to **establish** trade relations with us.
他們想和我們建立貿易關係。

- **found**

意思是建立、成立、創立，著重指打下基礎。它既可與表示具體事物的名詞連用，也可與表示抽象事物的名詞連用。

例

When was the new city **founded**?
這座新城市是什麼時候興建的？

The Republic of China was **founded** in 1911.
中華民國創立於一九一一年。

Dr. Sun Yat Sen **founded** the theory of the Three Principles of the People.
孫中山先生創立了三民主義的理論。

Newton **founded** the theory of universal force.
牛頓創立了萬有引力定律。

- **set up**

意思是樹立、設立、建立、著重於開始的涵義，是一般用語。它既可與表示具體事物的名詞連用，也可與表示抽象事物的名詞連用。

例

We've **set up** a statue.
我們建立了一個塑像。

The community has **set up** two secondary schools.
社區創辦了兩所中學。

They have **set up** the dictatorship in that Asia nation.
他們在那亞洲的國家已建立專制政府。

67 buy / purchase 購買

• buy
意思是買,是普通用語,意義比較廣泛,著重指付錢買所需要的東西。

例

Where did you **buy** it?
這個東西你是在什麼地方買的?

Would you please **buy** me a copy of O. Henry's short stories?
請你替我買一本歐・亨利的短篇小說集,好嗎?

Happiness cannot be **bought** with money.
幸福用錢買不到。

• purchase
意思是購買,常常可與 buy 通用,但它是較為正式的用語,常用於比較重要的場合。它可指以任何方式購買到東西。

例

They have **purchased** much furniture.
他們買了不少家具。

This country has **purchased** large supplies of wheat from U.S.A.
這個國家向美國購買了大批小麥。

They **purchased** liberty with their blood.
他們用鮮血換得了自由。

注

sell 的意思是賣、售,與上述兩個字有明顯的區別,不要混淆。

例

This shop **sells** wide variety of goods.
這間店經營各種貨物。

68 cable / telegram / telegraph 電報

• cable

表示電報的意思時，通常指海底電報。它可以用作動詞，表示打海底電報。

例

The news has been sent by **cable**.
這消息已由海底電報發出。

Shall we send him a **cable** on his birthday?
他生日那天我們要不要給他發個電報？

He **cabled** his condolences to the widow of the late President.
他向已故總統的遺孀發了唁電。

• telegram

意思是電報，普通用語。

例

Please send me a **telegram**.
請發個電報給我。

I received a **telegram** from my parents.
我收到父母的電報。

• telegraph

意思是電報機、電報。當表示電報時，通常是指一種通信方式，有時也指（一份）電報，等於 telegram。它也可以用作動詞，表示打電報。

例

The news has been sent by **telegraph**.
這消息已由電報發出。
（by telegraph 表示用電報方式，這裡也可用 by telegram，表示用電報。）

He **telegraphed** (to) his brother.
他給他兄弟發了個電報。

69 call on / visit / see / drop in　拜訪、訪問

• call on

表示拜訪、訪問的意思時，比較正式，通常指進行短暫的訪問，訪問者和受訪者一般只有社交或公務的關係。

例

I **called on** Mr. Green.
我拜訪了格林先生。

注

當表示到某人家或其他場所去拜訪某人時，常用 call at。

例

I **called at** Mr. Green's house.
我曾至格林先生府上拜訪他。

• visit

表示拜訪、訪問的意思時，是正式用語，可以表示進行逗留時間較長的訪問。它除指進行友好的或社交性的訪問之外，有時還表示因職務關係而進行訪問。

例

He **visited** his friends.
他拜訪了他的朋友。

He **visited** a colleague for a week at his home.
他在一位同事家作客，逗留了一個星期。

The doctor **visits** his patients at their homes at regular intervals.
醫生定期到病人家出診。

注

pay a visit 也可以表示拜訪、訪問的意思，與 visit 的含義相同。

例

He **paid a visit** to his friends.
他拜訪了他的朋友。

- **see**

表示拜訪、訪問的意思時，是日常很普通的用語。

[例]

We went to **see** her yesterday.
我們昨天去拜訪了她。

When will you come and **see** us?
你什麼時候來看望我們？

You'd better **see** a doctor.
你最好去看看醫生。

- **drop in**

表示進行一種順便的或碰巧的訪問。

[例]

Would you **drop in** (on us) tomorrow evening for a chat?
明晚來坐坐（和我們）聊聊天好嗎？

Some friends **dropped in** to tea.
有幾位朋友偶爾來喝喝茶。

70 calm / quiet　平靜的、安靜的

• calm

意思是平靜的、鎮定的。用以指天氣、海洋等時，表示一種無風無浪的平靜狀態；用以指人時，表示冷靜而不激動的心情。

例

The sea is now **calm**.
海上現在風平浪靜。

He remained **calm**.
他保持冷靜。

• quiet

意思是安靜的、寂靜的，指沒有什麼動態和聲音，尤指沒有騷亂的一種安靜狀態。

例

Everything was **quiet**.
萬籟俱寂。

Ask them to keep **quiet**.
叫他們保持安靜。

71 can / may 可能

• can

意思是能、會、可能。在正式用語中 can 通常是指能力而言。它也可以表示可能性。在非正式用語和口語中 can 經常用以表示「允許」的意思。特別是在疑問句和否定句中。

例

Can you swim across the river?
你能游過河流嗎？

He **can** speak English.
他會說英語。

I **cannot** come at that time.
我不能在那個時候來。

Can the news be true?
這消息會是真的嗎？

Can't I go?
我可不可以走了？

You **cannot**!
你不可以走。

• may

意思是可能、可以，在正式用語中它通常是指可能性或允許而言。

例

That **may** or may not be true.
那可能是真的，也可能不是。

He **may** be right.
他可能是對的。

You **may** take this book, I don't need it.
你可以拿走這本書，我不需要了。

May I go now?
我現在可以走了嗎？

72　cap / hat　帽子

- **cap**

意思是帽子，通常指鴨舌帽、制服帽、軍帽等。

例

He always wears a blue **cap**.
他總是戴著一頂藍色鴨舌帽。

How I wished I could have a **cap**, a real soldier's cap!
我多麼想有一頂帽子，一頂真正的軍帽！

- **hat**

意思也是帽子，通常指有邊的帽子，也是帽子的總稱。

例

Hat in hand, he came towards me.
他手拿著帽子，向我走來。

These **hats** are in fashion.
這些帽子很時髦。

73 captive / prisoner 俘虜、囚犯

• captive
意思是俘虜，指憑借武力抓到的俘虜，如戰爭中所俘獲的戰俘。

例
Do not ill-treat **captives**.
不要虐待俘虜。

We took them **captives**.
我們將他們俘虜了。

• prisoner
意思是囚犯、俘虜，是一般的用語，指關進監獄或受監禁的囚犯，包括戰俘（prisoner of war）。

例
He was a **prisoner** of murder.
他是個謀殺犯。

We don't kill our **prisoners** of war.
我們不殺戰俘。

74 carry on / carry out / carry through
進行、完成

• carry on
意思是進行、繼續。

例

I tried to **carry on** a conversation in English, but could not.
我想用英語進行談話，但是力不從心。

He told them to **carry on**.
他叫他們繼續進行。

Carry on (with) your work.
繼續做你的工作。

• carry out
意思是貫徹、執行、完成、實現。

例

Sometimes it's easy to make plans but difficult to **carry** them **out**.
有時候訂計劃容易，但執行計劃卻很難。

Our plan was **carried out** successfully.
我們的計劃已成功完成。

• carry through
意思是「完成……」或「將……進行到底」；使（人）戰勝困難，渡過難關。

例

Carry the work **through** to the end.
將工作進行到底。

His **courage** will carry him **through**.
他的勇氣將使他戰勝困難，渡過難關。

75　cause / reason　原因

- **cause**

表示原因、緣故、理由等意思時，指產生某種結果的原因。

例

The **cause** of the fire was carelessness.
起火的原因是不小心。

What was the **cause** of it?
發生這件事的原因是什麼？

There's no **cause** for anxiety.
沒有理由要焦慮（不必焦慮）。

- **reason**

意思是理由、原因、緣故，指產生某種行為或想法的理由。

例

I have no **reason** for it.
我沒有理由這樣做。

Give your **reason** for changing the plan.
說明一下你改變計劃的理由。

76 cease / stop / pause 停止

• cease
意思是停止，主要用於某種狀態或情況，或用於生存及存在。

例

The war had **ceased**.
戰爭已經停止了。

The rain has **ceased**.
雨停了。

Cease fire!
停火（停止射擊）！

The old German Empire **ceased** to exist in 1918.
舊德意志帝國於 1918 年滅亡。

• stop
意思是停止、阻止，主要用於某種運動、行動或進展。

例

My watch **stopped**.
我的錶停了。

Nothing can **stop** my going. (or stop me from going).
什麼也不能阻止我去。

No one can **stop** his research.
沒人能阻止他的研究。

• pause
意思是停頓，即指暫時的停止。

例

I **pause** for a reply.
我停止講話以待答覆。

He **paused** to look round.
他停下來看看四周。

77 center / middle　中心、中間

• center

意思是中心,通常用於空間方面,強調指正中心。它還可用於借喻,表示某一事物的中心。

例

Draw a circle round a given **center**.
就指定的中心畫一個圓圈。

We live in the **center** of London.
我們住在倫敦市中心。

Tokyo is the political, economic and cultural **center** of Japan.
東京是日本的政治、經濟和文化的中心。

• middle

意思是中間、當中,指跟兩邊或各邊、兩端或各端等距離的部分。它可以用於空間、時間等方面。

例

He was standing in the **middle** of the road.
他站在路中間。

In the **middle** of the room stands a table.
房間中間擺著一張桌子。

It will be coming into bloom about **middle** of next month.
它大約會在下個月中旬開花。

78　chance / opportunity　機會

• **chance**

表示機會的意思時，主要用以指一種僥倖或偶然的機會。

例

It's the **chance** of a lifetime.
這是一生中難得的機會。

They had no **chance** to escape.
他們沒有機會逃跑。

He has long hoped for a **chance** of success.
他長久地希望能獲得成功的機會。

• **opportunity**

意思是機會，是很普通的用語。它用以指一種便於行事的時機，特別是指某種符合人們的意向、目的或希望等事情的時機。

例

I am glad to have this **opportunity** of speaking to you alone.
我很高興能有這個機會和你單獨談話。

I had no **opportunity** to discuss the matter with her.
我沒有機會和她討論那件事情。

I take this **opportunity** of thanking you.
我趁此機會感謝你們。

79 cheat / deceive 欺騙

- **cheat**

意思是欺騙，指為了謀私利或佔便宜採取不誠實的手段進行欺騙。

例

They **cheated** a man out of his money.
他們騙取了人家的錢。

You should not **cheat** in a trade.
你不應在買賣中進行欺騙。

He never **cheats** during examinations.
他考試從不作弊。

- **deceive**

意思也是欺騙，指蓄意歪曲事實真相以達到個人目的。當它用於被動語態中或後面接反身代名詞時，往往表示弄錯、想錯的意思。

例

Do not try to **deceive** me.
別想騙我。

He has entirely **deceived** us.
他完全欺騙了我們。

You are **deceived** in him.
你錯看了他。
（表示不一定受到有意的欺騙，只是對他的看法不正確、並不如所想像的）

He **deceives** himself if he thinks so.
如果他這樣想，那可就弄錯了。

80 chicken / cock / hen   小雞、公雞、母雞

• chicken
意思是小雞、雞（泛指）、雞肉。

例

Chickens pip.
小雞吱吱叫。

He feeds 10,000 **chickens** on his farm.
他的養雞場裡養著一萬隻雞。

We had **chicken** for lunch.
我們午餐吃雞肉。

• cock
意思是公雞、雄雞。

例

Cocks crow at dawn.
公雞在天亮時啼叫。

注

rooster 也指公雞、雄雞，是美國英語，用得較少。

• hen
意思是母雞。

例

A **hen** cackles when she lays an egg.
母雞生蛋時咯咯地叫。

注

雞窩譯為 hen coop，雞舍譯為 hen house。這裡的 hen 籠統地表示雞。

81　choose / select / elect　選擇、挑選

• choose

意思是選擇、挑選，通常指在所提供的對象中，憑個人的判斷力進行選擇。

例

You may **choose** from among them the one you like best.
你可以從它們當中挑選最喜歡的一個。

Let me **choose** a book from among these.
讓我從這些書中選一本。

Choose me a good one, please.
請幫我選個好的。

There is nothing (not much) to **choose** between the two.
兩者一樣（差不多），沒有什麼可挑的。

注

choose 後面可以接不定式，表示願意、決定等意思。

例

I didn't **choose** to go.
我不願意去。

• select

意思也是選擇、挑選，通常指從很多對象中精心地進行挑選，往往指根據被選擇對象的優劣進行選擇。

例

The finest products were **selected** and sent to the exhibition.
選擇了最好的產品送到展覽會去。

They were **selected** from among many applicants.
他們是從許多應徵者當中挑選出來的。

- **elect**

意思是選、選舉，常指通過正式手續（如投票等）進行選舉。

例

They **elected** him chairman.
他們選他當主席。

這裡如果改用 choose (or select)，那就著重於選擇的意義，不一定是正式選舉，整個句子應為：They chose him as their chairman.

注

pick 一字也可以表示挑選、選擇的意思，含有仔細挑選的意味，有時也表示任意挑選的意思。

例

Pick the best one.
挑選最好的吧。

82　city / town　城市

• city

意思是城市、都市，一般指大的和重要的城市（但在美國，每一個城市都可以稱為 city）。

例

Paris is a big **city**.
巴黎是一個大城市。

Rome is one of the oldest **cities** in the world.
羅馬是世界上最古老的城市之一。

• town

意思是市鎮、城市，一般指規模較小的城市，常作 country（鄉下）的相對用語。

例

The **town** is on the bank of a river.
那個城市位於河邊。

Would you rather live in a **town** or in the country?
你喜歡住在城市還是鄉村？

83 clever / wise   聰明的

• clever

意思是聰明的、伶俐的、巧妙的。用來指人或動物時，通常表示腦袋靈活、靈巧；用來指做成的事物時，通常含有巧妙的意思。

例

She is a **clever** girl.
她是一個聰明的女孩子。

He is **clever** at mathematics.
他在數學方面顯得很聰明。

He is a **clever** carpenter.
他是個靈巧的木匠。

That's a **clever** plan.
這是個巧妙的計劃。

• wise

意思是聰明、英明、明智，表示由於有知識、經驗和良好的判斷力而能正確地、恰當地對待或處理人和事等。

例

It's easy to be **wise** after the event.
事後聰明是容易的。

He's a **wise** man.
他是一個明智的人。

You were **wise** not to go.
你沒有去是明智的。

84 climate / weather　氣候、天氣

• climate

意思是氣候，指某地的一般天氣情況，包括氣溫、降雨量、刮風等的狀況；也指長時間如一季的天氣狀況。

例

The **climate** here is bad.
這裡氣候惡劣。

The **climate** of Taiwan is very enjoyable in spring.
台灣春天的氣候很宜人。

• weather

意思是天氣，指某地某時的寒暖、晴雨、刮風等的當下變化狀況。

例

What is the **weather** like today?
今天天氣怎樣？

I will come if I can, but it depends on the **weather**.
如果可以的話我一定會來，但要看天氣如何。

85 close / shut 關閉

• close

用作動詞表示關、閉的意思時，通常僅指把開著的東西關閉起來。為較正式的用語。

例

Did you **close** all the doors and windows?
你把所有的門窗都關了嗎？

Close your eyes.
把眼睛閉上。

Do you mind if I **close** this window?
我可以把這扇窗戶關起來嗎？

• shut

意思是關、關閉，常常可與 close 通用，但意思更強烈。比如說「to close a door or gate」時，僅指把門關上；而說「to shut a door or gate」時，則可以進而指用門閂或其他東西把門關住。此外，shut 沒有像 close 正式。

例

They **shut** the doors and windows.
他們關住了門窗。

Shut the box.
把箱子關起來。

Shut the door after you.
隨手關門。

86 clothes / clothing / dress 衣服

• clothes

意思是衣服，只用複數。它包括上衣下著、內衣、外衣，常常指比較具體的一件件的衣服。

例

I changed my **clothes**.
我換了衣服。

These **clothes** do not suit me.
這些衣服不合我身。

What do you think of this suit of **clothes**?
你覺得這套衣服怎麼樣？

• clothing

意思也是衣服，但它與 clothes 不同，不是指具體的一件件的衣服，而是指衣著的整體。

例

They were all in their summer **clothing**.
他們都穿夏天的服裝。

Each child has ample **clothing**.
每個孩子都有足夠的衣服。

• dress

用作名詞表示衣服的意思時，是指婦女的外衣，統指男女服裝（尤指外衣），還可以指禮服或某種特殊的服裝。

例

Who is that girl in the red **dress**?
那個穿紅衣服的女孩子是誰？

He doesn't care much about **dress**.
他不太講究穿著。

He is in full **dress**.
他穿著禮服。

I am in my working **dress**.
我穿著工作服。

> 注

cloth 是指布，與以上三個字有明顯的差別，不要混淆。

87 collect / gather　收集、聚集

• gather

意思是收集、聚集。它是表示收集或聚集的一般用語，不僅可以用於人和物，還可以用於抽象的東西。

例

He **gathered** his books and notebooks.
他把書和筆記本收集在一起。

She **gathered** the children round her.
她把孩子們聚集在她的周圍。

A crowd soon **gathered** round him.
一群人很快就聚集在他的周圍。

He is **gathering** information.
他在搜集情報。

• collect

意思是收集、搜集、聚集，通常指有計劃和有選擇進行收集。當它表示一般的收集或聚集時，可與 gather 通用。

例

He is **collecting** material for a book.
他正在收集寫書的資料。

I have **collected** some famous pictures.
我收集了一些名畫。

A crowd soon **collected** when there was a car accident.
發生車禍的時候，馬上就有一群人聚集過來。

88 college / institute / university 學院、大學

• college
意思是學院，一般指大學內部的學院或獨立的學院。

例

There are many **colleges** at Oxford and Cambridge.
牛津大學和劍橋大學有很多學院。

There are several teachers' **colleges** in Taiwan.
台灣有幾所師範學院。

• institute
也表示學院的意思，但通常指專科性（專門的）學院，如外語學院（institute of foreign languages）、體育學院（physical culture institute）、航空學院（aeronautical engineering institute）等。

例

He graduated from an **institute** of foreign trade.
他是外貿學院畢業的。

She is a student of a chemical engineering **institute**.
她是化工學院的學生。

注

音樂學院和美術學院的英文分別為 conservatory 和 academy of fine arts。

• university
意思是大學，通常指由多個學院（colleges）組織而成的綜合性大學。

例

He graduated from Yale **University** in 1915.
他 1915 年從耶魯大學畢業。

89　commission / committee　委員會

• commission

表示委員會的意思時，通常指處理專門事務的委員會。

例

He is Chairman of the Culture **Commission** of the Central Committee of the Party.
他是黨部中央文化委員會主席。

He is a member of the **commission** of inquiry.
他是調查委員會的成員。

• committee

意思是委員會，它與 commission 不同，不限於處理專門事務。

例

He was Chairman of the Central **Committee** of the Democratic Party of U.S.A.
他曾是美國民主黨中央委員會主席。

The class **committee** meets tomorrow.
班委會明天開會。

90 communication / transportation / traffic
交通

• communication
表示交通的意思時，通常指聯絡各地的公路、鐵路、電話線等各式各樣的交通方式。

例

All **communication** with the north has been stopped by snow storms.
與北方的所有交通都因暴風雪中斷。

• transportation
表示交通的意思時，一般指交通運輸工具，運送人或物的交通運輸事業。

例

Their **transportation** was camel.
駱駝是他們的運輸工具。

I'd like very much to go with you, but there's the problem of **transportation**.
我很願意和你們去，但是交通（工具）有問題。

• traffic
意思是交通，通常指街道上或道路上來往的行人車輛等，著重於數量。

例

Traffic is interrupted in many places.
有很多地方交通被阻斷。

There is little **traffic** on these roads.
這些道路上行人車輛很少。

91 complete / finish 完成

• complete
用作動詞表示完成的意思時,是指把已開始但尚未完成的事情完成。

例

He has **completed** his task.
他已完成他的工作。

The railway is not **completed** yet.
鐵路尚未完工。

The work is not **completed** yet.
這個工作尚未完成。

• finish
意思是完成、結束,著重指圓滿結束已著手的事情,尤指完成精心之作的最後一步。

例

Have you **finished** your work yet?
你的工作做完了沒有?

I **finished** reading the book last night.
我昨晚看完了這本書。

The picture is **finished**.
這幅畫畫好了。

92　conceal / hide　隱藏、隱瞞

• hide

意思是隱藏、掩蓋、躲藏。指將某物或人藏或躲在人們不易看到或發現的地方，可以指有意也可以指無意。它可以當及物動詞和不及物動詞。

例

Where did you **hide** it?
你把它藏在哪裡了？

He cannot **hide** the truth.
他不能掩蓋真相。

The moon was **hidden** by the clouds.
月亮被雲層遮住了。

You had better **hide**.
你最好躲起來。

• conceal

意思是隱藏、隱瞞。它常常可與 hide 通用；但比 hide 正式，多指有意將某事物隱藏起來，或不予以洩漏。它只用作及物動詞。

例

The box was **concealed** under the bed.
箱子被藏在床底下。

He **concealed** his motives.
他隱瞞了他的動機。

I did not **conceal** anything from him.
我對他沒有隱瞞過任何事情。

93 conceited / proud / arrogant / haughty
驕傲的、傲慢的

• proud
意思是驕傲的、自豪的，褒貶兩方都可以用。它可以指適度的自尊或自豪，也可以指過分自負、傲慢。

例

We are **proud** of our great development of economics.
我們以經濟發展自豪。

He is too **proud** to ask questions.
他太驕傲了，不屑問問題。

I don't like him because he is too **proud**.
我不喜歡他，因為他太驕傲了。

• arrogant
意思是傲慢、自大、狂妄，目中無人。

例

He is very **arrogant** toward us.
他對我們很傲慢。

Don't speak in an **arrogant** tone.
不要用傲慢的口吻說話。

• haughty
意思是傲慢的，意味著很高傲，瞧不起身分或地位比自己低的人。

例

He is **haughty** to his inferiors.
他對下級很傲慢。

She is a woman of a **haughty** nature.
她是一位性情高傲的婦女。

- **conceited**

意思是自負、自大、驕傲自滿,通常指對自己或自己的成績等評價過高。

例

He is very much **conceited** of himself.
他自命不凡。

We shouldn't grow **conceited** over our achievements.
我們不應該因為有成就而變得驕傲。

94 conference / meeting / rally / congress / session 集會、會議

• meeting
意思是會、會議，可以指任何一種集會，尤指為討論或決定某事而舉行的會議。

例

What time does the **meeting** begin?
會議什麼時候開始？

The students held a **meeting** to discuss problems concerning their studies.
學生們開會討論有關學習的問題。

The **meeting** adopted a resolution.
會議通過了一項決議。

• rally
表示會、集會的意思時，指規模較大的群眾性集會，尤指帶有鼓動性的群眾大會。

例

There was a mass **rally** yesterday.
昨天開了群眾大會。

• conference
意思是會議，通常指交換意見、討論或協商問題的正式會議。

例

Many international **conferences** have been held in Geneva.
很多國際會議曾在日內瓦舉行。

They attended the **conference** on educational work.
他們參加了教育工作會議。

- **congress**

表示會議的意思時，通常指代表會議。

例

The Eleventh National **Congress** of the Dentist was held in Taipei.
第十一次全國牙醫代表大會在台北召開。

The **congress** lasted seven days.
代表大會開了七天。

The writers' **congress** will soon be held in Taipei.
作家代表大會不久將在台北召開。

- **session**

表示會議的意思時，通常指包括一系列 meetings 的會議。

例

The 11th Central Committee of the Labour Party of England held its First Plenary **Session** on August 19.
英國工黨第十一屆中央委員會八月十九日舉行了第一次全體會議。

95 consequence / result / effect 結果、效果

• result

意思是結果、效果。應用比較廣泛，著重指由一些效果（effects）或後果（consequences）最後所產生的結果。

例

His limp is the **result** of a car accident last year.
他的跛腳是去年一場車禍造成的。

This led to good **results**.
這導致了良好的結果。

His efforts bring about **results**.
他的努力產生了效果。

• effect

表示結果、效果的意思時，指由於某種行動、步驟、人或事物直接產生的結果或效果，與原因有著直接的聯繫。

例

He speaks with **effect**.
他說話有效。

This measure will have much **effect**.
這項措施將會有很大的效果。

Did the medicine have any **effect**?
這藥有效嗎？

• consequence

表示結果、後果的意思時，指隨著某一事件而產生的必然後果，但不意味著與原因有直接的聯繫。

例

He acts regardless of **consequences**.
他做事不顧後果。

Whatever may be the **consequence**, I will do it.
不管後果怎樣，我都將做此事。

He is taken ill, and I cannot start in **consequence**.
他生病了，因此我就不能動身。

96 consist of / consist in　由……組成、在於

• consist of
意思是「由……組成」。

例

Water **consists of** hydrogen and oxygen.
水由氫和氧組成。

The committee **consists of** nine members.
委員會由九名委員組成。

• consist in
意思是在於、是。

例

The importance of the logic **consists in** the fact that it provides man with a correct way of thinking.
邏輯學的重要性在於它提供人們正確的思想方法。

In what does happiness **consists**?
什麼才算是幸福？

97 cottage / hut / house / villa
小屋、住宅、別墅

• cottage
意思是小屋，尤指村舍。它也指（避暑勝地等的）大型別墅。

例

The old peasant lives in a **cottage**.
那個老農夫住在村舍裡。

• hut
意思也是小屋，指很簡陋的小屋子或棚屋。

例

They knocked up a **hut**.
他們匆忙蓋了一間小屋。

• house
意思是房屋、住宅，可指供人們居住的住宅，也可指作其他用途的房屋。

例

I am going to move to a new **house**.
我打算搬到新房子裡去。

New **houses** are going up everywhere.
到處都在興建新房屋。

• villa
意思是別墅，在英國也指城郊小屋。

例

He is living in a **villa** by the seaside.
他住在海濱的別墅裡。

98 country / state / nation　國家

- **country**

表示國家的意思時，著重指疆土而言。

例

Germany and France are European **countries**.
德國和法國是歐洲國家。

This **country** is in the south of Europe.
這個國家在歐洲南部。

注

country 也可以表示鄉下及農村，和 countryside 同義，但 countryside 常指風景。

例

The **countryside** around Los Angeles is beautiful at this time of the year.
每年的此時，洛杉磯周圍的鄉間景色都非常美麗。

- **state**

表示國家的意思時，著重指政權。

例

They committed crimes against the **state**.
他們犯了叛國罪。

- **nation**

表示國家的意思時，著重指人民。

例

Two friendly **nations** support each other.
兩個友好國家互相支持。

99 couple / pair　一對、一雙

• couple
意思是一對、一雙，通常指在一起或相互有關係的兩個人或兩個同樣的東西。它在口語中還表示「幾（several or a few）」的意思。

例

There is a young **couple** in this house.
這棟房子裡有一對年輕夫婦。

He came back with a **couple** of rabbits.
他帶了一對兔子回來。

He spent a **couple** of days in the country.
他在鄉下住了幾天。

• pair
意思是一對、一雙、一副、一條、一把等，指兩個關係密切的人，或結合在一起使用的兩件同樣的東西（單一件就沒有用或有缺陷），或由兩部分合在一起的一件物品等。

例

The happy **pair** went to Hongkong.
這對幸福的夫婦到香港去了。

I bought a **pair** of shoes.
我買了一雙鞋子。

How many **pair**(s) of scissors?
有幾把剪刀？

100 **crawl** / **creep** 爬行

• **crawl**

意思是爬、爬行，指以身軀貼著地面上（或其他東西上面）緩慢地移動。它可以指蛇、蚯蚓、蝸牛以及其他爬蟲的爬行，也可以指人的爬行。

例

The snake has **crawled** into a hole.
蛇爬到洞裡去了。

Earthworms **crawled** along the path.
蚯蚓在小路上爬。

The wounded soldier **crawled** into a shell-hole.
那受傷的士兵爬進了彈坑。

• **creep**

意思是爬行、潛行，指以身軀貼近地面上（或其他東西上面）緩慢地、偷偷地或不聲不響地向前移動。它多指四足動物的爬行或人的匍匐前進。它還可以指植物的蔓延。

例

The cat **crept** silently towards the bird.
那隻貓不聲不響地向小鳥慢慢移動。

The boy **crept** closer and closer.
那男孩越爬越近了。

We **crept** towards the enemy.
我們向敵人匍匐前進。

Ivy has **crept** over the walls.
常春藤爬滿了牆。

注

climb 與以上兩個字不同，通常表示爬上或爬下。

例

I **climbed** to the top of the hill.
我爬到了山頂。

101　crazy / mad　發狂的

• crazy

意思是發狂的、糊塗的、狂熱的，常指由於憂慮、悲傷、欣喜、渴望、激動等某種強烈的情緒而引起的一種心神錯亂、失去控制的精神狀態。

例

He was **crazy** with joy.
他歡喜若狂。

You are **crazy** to do such a thing.
你做這樣的事真誇張。

The boy is **crazy** on (about) skating.
那孩子對溜冰非常著迷。

• mad

意思是發瘋、發狂的，通常指精神狂亂、完全不能自我控制的一種病態。在口語中也表示由於某種強烈的情緒而失常。

例

The poor fellow is **mad**.
這個可憐的人是瘋子。

The dog has gone **mad**.
這隻狗瘋了。

This worry is enough to drive me **mad**.
這煩惱足以使我發狂。

He is **mad** about the stage.
他迷戀於舞台生活。

102　crime / sin　罪

• crime
意思是罪、罪行，通常指任何違反法律而應該受到懲罰的行為。

例

He committed the **crime** wilfully setting fire to the building.
他犯了蓄意縱火燒房子的罪。

They committed **crimes** against the state.
他們犯了叛國罪。

• sin
意思是罪、罪過，常指違反道德原則或宗教戒律的行為。

例

It is a **sin** to tell lies.
說謊是一種罪過。

He has committed a deadly **sin**.
他犯了不可寬恕的大罪。

注

guilt 是指對犯罪應負的責任，犯罪事實，亦即罪狀。

例

The **guilt** of the accused man was in doubt.
被告的罪狀有疑問。

103　crop / harvest　收成、收穫

• crop

表示收成的意思時，指穀物、水果、蔬菜等一年或一季的收成。它還表示農作物、莊稼的意思。

例

The rice **crop** was very good this year.
今年的稻米收成很好。

The rice bears two **crops** every year.
稻米一年收兩次。

It is harmful to growing **crops**.
這對於正在生長的農作物有害。

• harvest

意思是收成、收穫，多指穀物的收成，也指水果、蔬菜等的收成；有時指收割行為。它還可用於借喻，指行動或行為的結果。

例

Rich **harvests** have been gathered in for several years running.
連續幾年來獲得了豐收。
（這裡的 harvests 可以用 crops 代替。）

The summer **harvest** is about to start.
夏收即將開始。

He reaped the **harvest** of his hard work.
他獲得了辛勤工作的成果。

104 cry / shout / exclaim 叫喊

• cry
可以表示叫、喊的意思，常指因痛、痛苦、恐懼等而叫喊，僅表示某種感情而不表達思想。它有時也指用言語高聲叫喊，如表示祈求。

例

He **cried** with pain.
他痛得叫了起來。

"Help! Help!" he **cried**.
「救命啊！救命啊！」他高聲叫喊。

• shout
意思是叫喊，指表達思想的高聲叫喊或說話。有時是用以表示高興、痛、痛苦或恐懼等，有時是用於發出命令、提出警告或要別人注意。

例

I **shouted** to him, but he was out of hearing.
我對他呼喊，但他聽不到。

He **shouted** with joy.
他高興得叫喊起來。

He **shouted** with pain.
他大聲叫痛。

"Go back!" he **shouted**.
「回去！」他大聲喊道。

• exclaim
意思也是叫喊，常指因高興、痛苦、憤怒、驚訝等而突然地、激動地高聲叫喊。

例

"What!" he **exclaimed**, "Are you leaving without me?"
「什麼！」他喊道，「你要丟下我離去嗎？」

They **exclaimed** with one voice.
他們齊聲呼喊。

105 cry / weep / sob 哭

• cry

表示哭的意思，多指出聲的哭，但也可指不出聲的哭，只是流淚。它常常可與 weep 通用，但與 weep 相比是較為普通的用語。

例

The child began to **cry**.
小孩哭起來了。

She **cried** bitterly.
她哭得很厲害。

She **cried** for joy.
她高興得流淚了。

• weep

意思是哭，一般指不出聲的哭或細聲的哭，著重於流淚。它常常可與 cry 通用，但與 cry 相比是較為正式的用語。

例

He **wept** at the sad news.
他聽到這不幸的消息哭了。

She **wept** for joy at the sight of her son.
看到她的兒子她高興得流淚了。

• sob

意思是哽咽、啜泣，指抽抽噎噎地哭泣或哭訴。

例

She **sobbed** herself to sleep.
她哭著睡著了。

She **sobbed** out the story of her son's death.
她嗚咽地哭訴著她兒子死的經過。

106　cunning / sly　狡猾的

• cunning
意思是狡猾的，指善於玩弄欺騙手法和使用計謀。

例

He is as **cunning** as a fox.
他像狐狸一樣狡猾。

He played a **cunning** trick.
他使了一個奸計。

• sly
意思也是狡猾的，指用蒙混、含沙射影、偷偷摸摸、表裡不一等隱蔽的手法以達到個人目的。

例

He is a **sly** fellow.
他是一個狡猾的人。

This landlord was especially **sly** and greedy.
這個地主特別狡猾且貪婪。

107 cup / glass　杯子

• cup

意思是杯子,通常指一種帶柄的瓷杯,用以喝茶、牛奶、咖啡或可可等。它也可指一杯的量。

例

The **cup** stands on the table.
杯子放在桌子上。

Will you have another **cup** of tea?
你要再來一杯茶嗎?

• glass

表示杯子的意思時,是指玻璃杯,用以飲酒或喝牛奶等。它也可指一杯的量。

例

The **glass** is broken to pieces.
這只玻璃杯打碎了。

He drank two **glasses** of milk.
他喝了兩杯牛奶。

108　cure / heal　治療、醫治

• cure
用作動詞表示治療、醫治的意思時，在現代英語中，多指治癒疾病，使人恢復健康。

例

The business of doctors is to prevent and **cure** disease.
醫生的職務是預防和治療疾病。

I took some medicine, and that **cured** me.
我服了些藥，就治好了。

The physician **cured** me of the disease.
醫生治好了我的病。

• heal
意思是醫治、癒合，在現代英語中，多指治癒傷口或創傷並使之復原，其後面不接指人的受詞。

例

The surgeon **healed** his wound.
外科醫生治好了他的傷口。

The salve will **heal** slight burns.
藥膏可治輕度的灼傷（或燙傷）。

The wound **healed** slowly.
傷口癒合得很慢。

注

treat 表示治療的意思時，只指予以醫治。

例

Which doctor is **treating** you for your illness?
哪位醫生在給你治病？

How do you **treat** a case of rheumatism?
你如何治療風濕病？

109 custom / habit　風俗、習慣

• custom

意思是風俗、習慣，常常指社會團體（包括國家）中的傳統習慣，也往往是帶有強制性的行為或做法。所謂帶有強制性，是指在傳統上一有違反的現象就會遭到社會上的非難。也可以指個人的習慣，但只指外在的行為或做法。

例

Social **customs** vary in different countries.
風俗習慣各國不同。

Do not be a slave to **custom**.
不要做習俗的奴隸。

It was his **custom** to get up early.
早起是他的習慣。

• habit

意思是習慣，通常指個人習以為常的行為，也可指不外露的思想等。它有時還含有養成的習慣，帶有不易去掉的意思。

例

It was his **habit** to get up early.
早起是他的習慣。

Some people say that smoking is a bad **habit**.
有人說抽煙是一種壞習慣。

You must cultivate the **habit** of thinking before you act.
你應該養成考慮後再行動的習慣。

Can't you break away from old **habits**?
你不能改掉舊習慣嗎？

110　dear / expensive　昂貴的

- **dear**

表示貴的意思時和 cheap 相對，指索價過高。

> 例

It is too **dear**.
這太貴了。

The flowers were not **dear**.
這些花不貴。

- **expensive**

意思是昂貴的，指超過物品價值或購買者的經濟能力。

> 例

It is too **expensive** for me to buy.
這東西太昂貴了，我買不起。

This is an **expensive** hat.
這是一頂價錢昂貴的帽子。

111 decide / determine / make up one's mind
決定

• decide
意思是決定，指經過考慮或討論研究，打定主意，結束躊躇、疑惑、爭論等狀況。

例

We **decided** not to go.
我們決定不去了。

It has been **decided** that the meeting shall be postponed.
會議被決定延期舉行。

In the end she **decided** on the blue coat.
最後她決定要那件藍色上衣。

• determine
表示決定、決心的意思時，指經過認真考慮之後下定決心。

例

We **determined** on an early start.
我們決定儘早出發。

He has **determined** to learn English.
他已下決心學英語。

We are **determined** to get the work done before Christmas.
我們決心要在耶誕節前完成這項工作。

• make up one's mind
意思也是決定、決心，是猶豫不決等相對的用語，意即打定主意。

例

He **made up his mind** to go there at once.
他決定立刻到那裡去。

He's **made up his mind** to be a doctor.
他決心當醫生。

112　defend / protect　保護

• defend
意思是保衛、保護、捍衛，指採取積極措施以抵禦或擊退外來的威脅或攻擊。它還可以表示「為……辯護」的意思。

例

It is the duty of every citizen to **defend** his country.
保衛國家是每一個公民的職責。

He **defended** his friends from harm.
他保護朋友們使其不受傷害。

They **defended** the fundamental principles of science.
他們捍衛了科學的基本原則。

He made a long speech **defending** his ideas.
他發表長篇演說為他的見解辯護。

• protect
意思是保護，指採取保護措施，使之不受傷害或損害。

例

The government **protects** the people's interests.
政府保護人民的利益。

He built a fence to **protect** his garden.
他圍起了籬笆以保護花園。

113　delegate / deputy / representative　代表

• delegate

意思是代表，指受權到別處代表其他人行事的人，被派遣參加會議以代表派遣者發表意見的人。這種代表的職責往往是暫時性的。

例

They chose me as their **delegate**.
他們選我作為他們的代表。

They were the **delegates** from Japan to the Geneva Conference.
他們是日本派往日內瓦會議的代表。

• representative

意思也是代表，指選舉或委派以代理人或代表身份為其他人行事的人。一般來説，這種代表是常態性的。

例

We chose him as our **representative**.
我們選他作為我們的代表。

He resides in a foreign country as a **representative** of the government.
他作為政府代表駐在外國。

• deputy

意思是代理人、代表，指受託代理他人（一人或一些人）履行職務的人。它還指法國等下議院的議員。

例

I must find someone to act as (a) **deputy** for me during my absence.
我必須找一個人在我不在的時候，代理我的職務。

He is a **deputy** of the International Congress of Medicine.
他是國際醫學會議的代表。

114 demand / require   要求、需要

• demand

意思是要求、需要，具有斷然或堅決的涵義。當主體是人時，通常表示這人有權（或他認為自己有權）提出這種命令式的要求；當主語是事物時，則表示「要求」是必需的、迫切需要的。

例

They **demand** an immediate answer of him.
他們要求他立刻答覆。

He **demanded** that I should help him.
他要求我幫助他。

This work **demands** care and patience.
這工作需要細心和耐心。

• require

意思是需要、要求，常常可與 demand 通用。但嚴格地講，它通常是指一種迫切的需要，往往出於內在的東西所必需，或法律、規章制度的要求。

例

These young seedlings will **require** looking after carefully.
這些幼苗需要細心照顧。

The tremendous task **requires** of us still greater efforts.
這項重大的任務需要我們付出更大的努力。

He has done all that is **required** by the law.
他已照法律所規定的一切做了。

They **required** that I should arrive at 8 a.m.
他們要求我在上午八點鐘到達。

115 depart / leave   離開、出發

• leave
表示離開、出發等意思時,是普通的用語。

例

When did you **leave** London?
你是什麼時候離開倫敦的?

I can't **leave** while she's ill.
她生病時我不能離開。

I am **leaving** for Osaka tomorrow.
我明天出發去大阪。

• depart
表示離開、出發等意思時,是比較正式的用語,口語中不常用。

例

He **departed** from Washington D. C. this morning.
他是今天早上離開華盛頓的。

Mr. Johnson finally **departed** from us.
詹森先生和我們永別了。

He **departed** for France.
他已照法律所規定的一切做了。

注

depart 還用於行車時刻表中,表示發車。

例

The train **departs** at 6: 30 a.m.
火車上午 6 點 30 分發車。

116　department store / shop / store
商店、店鋪、百貨公司

- **shop**

意思是商店、店鋪。在英國，零售商店一般都叫 shop。

例

The **shop** opens at eight o'clock.
商店八點鐘開門。

The **shop** sells embroideries.
那家商店出售刺繡品。

- **store**

意思也是商店、店鋪。在美國，零售商店一般叫 store。

例

He keeps a **store** in New York.
他在紐約開了一間商店。

The wares in that **store** are dear.
那家店裡的東西很貴。

- **department store**

意思是百貨公司，原本是美國用法，現在英國也這樣使用。不過在英國也把百貨公司叫做 stores。

例

I'm going to the **department store**.
我到百貨公司去。

I get most things at the **stores**.
大部分東西我是在百貨公司買的。

注

在美國，雜貨商店（店鋪）叫 grocery 或 drugstore。

117　desire / wish / want / hope / expect
希望、期待

• desire

表示想、希望等意思時，著重表示強烈的願望，熱切的心情。

例

I **desire** to see you.
我很想見您。

He **desired** success.
他渴望成功。

His father **desired** him to be a teacher.
他父親希望他當老師。

• wish

也表示想、希望等意思，但語氣不如 desire 強，且可以表示一種不能實現的願望（子句中的動詞用假設語氣的形式）。此外，它還可以表示祝福，或用於委婉的祈使句中。

例

We **wish** to visit New York.
我們想去紐約參觀訪問。

I **wish** he would help me.
我希望他能幫助我。

I **wish** I were you.
我希望我是你。
（但願我是你就好了。）

I **wish** you success.
祝你成功。

I **wish** you would do your best.
我希望你盡力而為。

- **want**

也可以表示想、希望等意思，其搭配關係為「want to do something」或「want somebody to do something」，它比較口語化，不如 wish 正式。

例

What do you **want** to do?
你想做什麼？

He seemed to **want** to say something.
他好像有什麼話要說。

She **wants** me to go with her.
她希望我和她一起去。

- **hope**

意思是希望，表示對願望的實現抱有一定的信心。

例

We **hope** to see you soon.
我們希望很快就能見到您。

The foreign friends **hope** that they can join the Independence Day celebrations in Washington D. C.
外國朋友們希望能參加華盛頓的獨立紀念日慶祝活動。

I **hope** so.
我希望如此。

- **expect**

意思是期待、盼望、預料等，指對某一特定事件的發生抱有頗大的信心。

例

We were **expecting** a letter from her.
我們當時正期待著她的來信。

I **expect** him to come.
我盼望他來。

I did not **expect** you to come so early.
我沒有預料到你來得這麼早。

118 desk / table 桌子

• desk
意思是課桌、書桌、辦公桌,指供讀書、寫字或辦公用的桌子。

例

There are fifty **desks** in the classroom.
教室裡有五十張課桌。

He sat at his **desk**.
他坐在辦公桌前。

• table
意思是桌子、檯子,指供吃飯、遊戲、工作或放置其他各種東西的桌子或檯子。它的廣義包括 desk 在內。

例

We all sat at the same **table**.
我們同桌吃飯。

This operating **table** is our fighting post.
這張手術台就是我們的戰鬥崗位。

119　die / pass away / perish　死亡

• die

意思是死，是表示生命結束的一般用語。

例

He **died** of a disease.
他因病而死。

The soldier **died** from his wounds.
那名士兵因受傷而死。

To **die** for the country is a glorious death!
為國家而死是光榮的。

Flowers soon **die** if they are left without water.
花如果不澆水，很快就會枯死。

注

die 是動詞，強調動作；dead 是形容詞，強調狀態。

例

He **died** last year.
他是去年死的。

He is **dead**.
他已經死了。

• pass away

意思是逝去、去世，是 die 的委婉用語。

例

He **passed away** on September 26, 1976 in Taipei.
他於 1976 年 9 月 26 日在台北逝世。

Her elder sister, who had been ill for some months, **passed away** yesterday.
她的姐姐病了幾個月，昨天去世了。

- **perish**

意思是死亡,指死於暴力或艱難困苦的情況之下。

例

Hundreds of people **perished** in the earthquake.
數以百計的人死於那次地震。

He **perished** with hunger.
他餓死了。

120 different / various　不同的

• different

意思是不同的、相異的，用於互不相同的人或事物，表示各有其特徵或具有對照的意味。它可與單數或複數名詞連用。

例

They are **different** people with the same name.
他們名字一樣但不同人。

My plan is **different** from yours.
我的計劃和你的不同。

They approached the subject from **different** points of view.
他們從不同的觀點看這個問題。

• various

意思是不同、各式各樣的，著重指種類、類型等的不同，而不強調相互之間的差別。它只跟複數名詞連用。

例

There are **various** ways of solving the problem.
解決這個問題的方法有很多。

I cannot come for **various** reasons.
我因為種種原因不能來。

There are **various** kinds of cigars in the shop.
店裡有各式各樣的雪茄。

Men's tastes are **various**.
人各有所好。

121 discover / invent 發現、發明

• discover
意思是發現,發現的事物是本來存在的或者是有人知道的。

例

Columbus **discovered** America.
哥倫布發現了美洲。

He **discovered** a box hidden under the floor.
他發現了一只藏在地板下的箱子。

We have **discovered** that he is quite careful in his work.
我們發現了他工作很仔細。

• invent
意思是發明,發明的東西是從前沒有的。

例

Who **invented** the steam engine?
誰發明蒸汽機的?

He has **invented** a new way of making silk.
他發明了一種造絲的新方法。

122　distress / grief / sorrow　悲痛、悲傷

• distress
意思是痛苦、苦惱、悲痛等，可指由於某種原因在肉體上感到痛苦，或指由於某種麻煩、不幸而在精神上感到苦惱或悲痛。

例

At the end of the Marathon race several runners showed signs of **distress**.
當馬拉松賽跑結束時，幾位參加賽跑的人顯得有些痛苦。
（這裡表示幾位賽跑者過度疲勞，感到難受。）

I caused him a great deal of **distress** by my wild behavior.
我的放蕩行為使他非常苦惱。

Her husband has just died and she is in great **distress**.
她的丈夫剛死，她非常悲痛。

• grief
意思是悲痛、憂愁，指由於某種不幸或災難等原因而產生的劇烈悲痛或憂愁，往往指較短時間的。

例

He had the great **grief** of losing his son.
他因兒子死亡而非常悲痛。

We had much **grief** at that matter.
我們對那件事感到非常憂愁。

• sorrow
意思是悲傷、傷心，指由於損失或失望等原因而產生的悲傷。這個字所表示的悲傷沒有 grief 所表示的那麼劇烈，但它往往是指長時間的。

例

He felt much **sorrow** for his father's death.
他因父親死亡感到很悲傷。

This caused much **sorrow** to him.
這使他很傷心。

123 doctor / physician / surgeon 醫生

• doctor
表示醫生的意思時是普通用語。一般來説，凡是學過醫會看病的人，無論內科醫生或是外科醫生都可稱為 doctor。

例

You should see a **doctor**.
你該去看看醫生。

How is she, **Doctor**?
醫生，她怎麼樣了？

• physician
意思是醫生，通常指內科醫生。

例

The **physician** told me there was something wrong with my digestion.
醫生説我有點消化不良。

He is a house **physician**.
他是內科住院醫生。

• surgeon
意思是醫生，通常指外科醫生，也指軍醫。

例

The **surgeons** decided to operate at once.
外科醫生決定立刻動手術。

His brother is a house **surgeon**.
他的兄弟是外科住院醫生。

124 door / gate 門

• door
意思是門,指進出房屋的門或屋內的門,也指車輛或櫥櫃等的門。

例

The **door** opened and a man came out.
門開了,一個人走出來。

There are sliding **doors** between the rooms.
房間之間有滑門。

• gate
意思是門、大門,指出入某一場所的門,如城門以及圍牆、圍欄、籬笆等的門。

例

We'll gather at the school **gate** at 6:30.
我們六點半在校門口集合。

Who is the man at the garden **gate**?
誰在花園門口?

125 doubt / suspect　懷疑

• doubt

可作動詞表示懷疑、不相信等意思，指由於根據不足，以致不能斷定、不太相信。

例

I **doubt** the truth of this report.
我懷疑這個報告的真實性。

Do you **doubt** what I say?
你懷疑我說的話嗎？

We don't **doubt** that he can do a good job of it.
我們不懷疑他能把這件事做得很好。（相信他）

I **doubt** whether he will come.
我懷疑他是否會來。

• suspect

也可當動詞用，表示懷疑的意思，有時可與 doubt 通用。

例

We **suspect** him to be ill.
我們猜測他病了。

I **suspect** that he is a swindler.
我懷疑他是個騙子。

I **suspect** the truth of this account.
我懷疑這個說法的真實性。

（這個句子中的 suspect 也可以用 doubt。suspect 用於此義時，後面跟直接受詞。）

126　drag / draw / pull　拉、拖

• pull
意思是拉、拖，是普通用語，指用力拉，與 push 相對。

例

Pull the door open. Don't push it.
把門拉開。別推。

He **pulled** my sleeve (or pulled me by the sleeve).
他拉我的袖子。

The horse is **pulling** the cart.
馬在拉車。

• draw
可以表示拉、拖等意思，與 pull 相比它通常指比較平穩、從容地拉。

例

Draw your chair up to the table.
把你的椅子拉到桌子旁邊來。

He **drew** the book towards him.
他把書拉到他面前。。

The wagon was being **drawn** by two horses.
這貨車由兩匹馬拉著。

• drag
也可以表示拖、拉等的意思，指慢慢地拖著笨重的東西，意味著所拖的東西阻力很大。

例

The horse was **dragging** a heavy load.
馬拖著很重的東西。

He **dragged** a heavy box out of the room.
他把一只很重的箱子從屋裡拖出來。

The escaped prisoner was **dragged** out of hiding place.
那個逃犯被人從他躲藏的地方拖了出來。

127　draw / paint　畫

• draw
表示畫的意思時，指不用顏料，而用鋼筆、鉛筆、粉筆或畫筆等畫的。

例

He **draw** a house with a pencil.
他用鉛筆畫了一棟房子。

She **draws** well.
她畫得很好。

• paint
表示畫的意思時，指用顏料等畫。

例

He **painted** a portrait of an actress.
他畫了一幅女演員的畫像。

She **paints** in oils.
她畫油畫。

128　dress / put on / wear　穿戴

- **put on**

表示穿上、戴上等意思時，著重指穿戴的動作。

例

Put on your coat.
穿上大衣。

He **put on** his hat and went out.
他戴上帽子出去了。

- **wear**

表示穿、戴等意思時，著重指穿著、戴著的狀態。

例

He **wears** a coat.
他穿著大衣。

The teacher **wears** glasses.
老師戴著眼鏡。

- **dress**

用作動詞表示穿（衣服）、穿衣等意思時，既指穿的動作，也指穿著的狀態。

例

His mother **dressed** him in new clothes.
他的母親給他穿上了新衣服。

Get up and **dress** quickly.
快起床穿衣。

She **dresses** neatly.
她穿著整齊。

注

dress 用作及物動詞時，直接對象是人，而不是所穿的衣服；用作不及物動詞時，不能表示穿什麼衣服。

129 drill / exercise / practice 練習

• exercise
意思是練習、操練，指為發展智力或鍛鍊身體而進行的練習，這種練習往往是有系統的、正式的，如學生做的作業或體操等。

例

He began to do his **exercises**.
他開始做練習。

He is doing an **exercise** in English grammar.
他在做英語文法練習。

We do morning **exercises** every day.
我們每天做早操。

• drill
也可以表示練習、操練等意思，指有組織、有指導地反覆進行的練習，尤指在課堂上或軍隊裡進行的教練。

例

Question-and-answer **drills** are important when you are learning a foreign language.
當你學習一種外國語言時，問答練習是很重要的。

The soldiers were at **drill** in the barrack yard.
士兵們在營地操場上操練。

• practice
也可以作不可數名詞，表示練習的意思，指為了達到熟練或完善的程度而反覆進行的練習，尤指在藝術、手藝或技巧方面。

例

Piano playing needs a lot of **practice**.
彈鋼琴需要多練習。

I haven't done much **practice**.
我練習得不多。

130　duty / obligation / responsibility　責任

• duty

意思是責任、義務、本分，指依照法律、道義等或憑個人良心所應盡的責任，比較強調自覺性。

例

Do not forget your **duty** to your parents.
不要忘記你對父母應盡的義務。

Never forget our **duty** to the country.
切勿忘了我們對國家應盡的義務。

He failed in his **duty**.
他失職了。

• obligation

意思是義務、責任、職責，指為履行某一特定的契約、諾言，或根據社會的要求等所應盡的義務。

例

We perform the civil right **obligation**.
我們履行人權的義務。

I fulfil my **obligation** to the best of my ability.
我竭盡全力履行我的義務。

You are under **obligation** to care for her.
你有義務照顧她。

• responsibility

意思是責任、職責，指對某一特定的任務、委託等所負的責任。

例

You will take the **responsibility** of doing it.
你將負責做這件事。

You have a post of great **responsibility**.
你擔任一個責任重大的職務。

131　each / every　每一個

• each

意思是每一個，用以指一定數目（兩個或兩個以上）中每一個具體的人或物，著重於個別的含義。

例

He had words of encouragement for **each** one of us.
他對我們每個人都講了些鼓勵的話。

Each book on this shelf is worth reading.
這書架上的每一本書都值得一讀。

• every

意思是每一個，用以指整體（至少三個）中的每一個，不是指每一個具體的人或物，著重於全體的含義。

例

Every student must study well.
每個學生都必須好好學習。

I have read **every** book on that shelf.
我讀了那書架上的每一本書。

132 earth / ground / land / soil
地球、土地、泥土

• earth

常表示地球，也表示大地的意思，包括和天相對的陸地與海洋；還可表示地面的意思，與海洋和天空相對；也表示泥土的意思，和 soil 相同。

例

The moon goes round the **earth** and the earth goes round the sun.
月亮繞地球旋轉，地球繞太陽旋轉。

The **earth** is divided into continents.
地球分為幾個大洲。

The ballon burst and fell to (the) **earth**.
氣球破了，掉在地上。

We filled a hole with **earth**.
我們用泥土把一個洞填起來了。

• ground

常表示地面的意思，指陸地的表面；也表示泥土、土地等意思，與 soil 相同。

例

He was lying on the **ground**.
他躺在地上。

It fell to the **ground**.
它落在地上。

The frost has made the **ground** hard.
霜使土地變硬了。

- **land**

常表示陸地的意思，與湖泊和海洋相對；也表示土地的意思，如可耕種的田地等。它還可以表示國家的意思，與 country 相比，它是文學用語或帶有感情色彩的用語。

例

We came in sight of **land**.
我們看到了陸地。

There is a lot of wheat **land** round the school.
學校附近有很多麥田。

The whole **land** rose to resist aggression.
舉國奮起抵抗侵略。

- **soil**

常表示土壤，土地等意思，尤其生長植物等的土地。

例

This is very fertile **soil**.
這是很肥沃的土壤。

They are preparing the **soil** for seed.
他們在整理土地準備播種。

133 elder / older 年長的

• elder

意思是年長的，指家庭裡兩個成員中年齡較長的一方，或者表示指明的兩個人當中年齡較長的。

例

He is my **elder** brother.
他是我哥哥。

My **elder** sister works at a factory.
我姊姊在工廠裡工作。

Which is the **elder** of the two?
這兩個人中哪一個年齡較大？

注

elder 用作形容詞時，通常放在名詞前面作修飾語。它也可以用作名詞，其複數形式表示長者、長輩的意思。

例

We respect our **elders**.
我們尊敬長輩。

• older

形容詞 old 的比較級形式，指年齡較大、較老，也指較舊。

例

I'm two years **older** than you.
我比你大兩歲。

This tree is **older** than that one.
這棵樹比那棵樹老。

This building is **older** than that one.
這棟房子比那棟房子舊。

134　enemy / foe　敵人

• enemy

意思是敵人、仇敵、敵軍。它是普通用語，和 friend 相對。它還可以用作借喻，指為害的事物。

例

He made many **enemies** for himself.
他樹敵甚多。

The **enemy** were forced to retreat.
敵軍被迫撤退了。

Conceit is the **enemy** of progress.
驕傲自滿是進步的敵人。

• foe

意思是敵人，是書面和文學用語，與 enemy 相比，敵意更強。它可以用作借喻，指起破壞作用或進行對抗的東西。

例

He is a deadly **foe** to us.
他是我們的死敵。

Dirt is a dangerous **foe** to health.
髒亂是健康的危險敵人。

135 enormous / huge 巨大的

• enormous
意思是巨大的、龐大的，指在體積、數量或程度上遠遠超過一般的標準。

例

This is an **enormous** animal.
這是一隻巨大的動物。

They spent an **enormous** sum of money.
他們花費了巨額金錢。

He is a man of **enormous** strength.
他是一個力氣非常大的人。

• huge
意思是巨大的，通常指體積巨大或量多。是指本身巨大，但不含與一般情況相比的意味。

例

We saw a **huge** beast.
我們看到一隻巨大的野獸。

This is a **huge** building.
這是一座巨大的建築物。

He made **huge** profits.
他獲得巨額利潤。

136 error / mistake / fault   錯誤、過失

- **error**

意思是錯誤、過失，指背離某種準則的偏差，表示不精確、不正確、不對。在本組字中，這個字用得最廣泛。

例

This is an **error** in grammar.
這是一個文法上的錯誤。

He made an **error** in figures.
他弄錯了數字。

You have an **error** in opinion.
你的意見有錯誤。

He made amends for his **error** by good deeds.
他已將功補過。

- **mistake**

意思是錯誤，指由於粗心、疏忽、缺乏正確的處理等原因而造成的錯誤。

例

You have made a **mistake** in your spelling.
你在拼寫上弄錯了。

I took his umbrella by **mistake**.
我拿錯了他的傘。

He made a **mistake** of principle.
他犯了一個原則性的錯誤。

- **fault**

可以表示人或物的缺點、毛病。它也可以表示過失、過錯,含有當事人對造成的過錯有責任的意味。

例

With all his **faults**, he is still a good friend.
儘管他有這些缺點,他還是一個好朋友。

There is a **fault** in the machine.
機器有毛病。

It is your own **fault**.
這是你自己的過錯。

137 esteem / respect　尊敬、尊重

- **respect**

意思是尊敬、尊重，通常指對某人或某事物的價值予以高度的評價。

例

They were much **respected**.
他們很受尊敬。

I **respect** your opinions.
我尊重你的意見。

- **esteem**

意思也是尊敬、尊重，它除有 respect 的含義外，還表示對某人或某事物高度重視或非常愛戴（愛慕）。

例

No one can **esteem** your father more than I do.
沒有人比我更尊敬你的父親了。

I **esteem** your advice highly.
我非常尊重您的忠告。

138　evening / night　傍晚、晚上

• evening
意思是傍晚、晚上，指從晚餐到就寢的這段時間。

例

I must start by tomorrow **evening**.
我最遲到明天傍晚必須動身。

We have a film every Saturday **evening**.
我們每星期六晚上都有電影。

• night
意思是夜、夜裡、晚上，指從日落到日出或從黃昏到破曉的這段時間。

例

They spent the **night** in the forest.
他們在森林裡過夜。

We sleep during the **night** and work during the day.
我們夜裡睡覺，白天工作。

We saw the play on the first **night**.
這齣戲在第一晚上演時我們就看過了。

139 examination / test / quiz 考試

• examination
表示考試的意思時，通常指比較正式的考試，如學期考試、入學考試等。

例

We have an **examination** in English today.
我們今天考英語。

The students did very well in the terminal **examinations**.
學生們期末考試成績很好。
（這裡指多門課程的考試，故 examination 用複數形式。）

They've passed the entrance **examination** for Kaohsiung Teachers' College.
他們通過了高雄師範學院的入學考試。

• test
表示考試的意思時，指小考或測驗。

例

We are going to have a midterm **test** next week.
我們下週進行期中考試。

The teacher gave us a **test** in grammar.
老師給我們進行了文法測驗。

• quiz
表示小考、測驗的意思時，指事先無準備，隨時進行的短促測驗。

例

The teacher gave us a five-minute **quiz**.
老師對我們進行了一次五分鐘的測驗。

How often do you have your **quiz**?
你們多久測驗一次？

140　Example / instance　例子

• example

意思是例子，指一種具有代表性或說明性的例子。for example 是舉出例子作為說明的意思。

例

Give me an **example**.
請給我舉個例子吧。

We have planted many kinds of vegetables—for **example**, beans and cabbages.
我們種了許多種蔬菜，例如豆子和高麗菜。

• instance

意思也是例子，指用以作為證實的例子。for instance 是舉出例子加以證實的意思。

例

This is only one **instance** out of many.
這不過是許多例子中的一個。

For **instance**, the lion and the tiger are beasts of prey.
例如獅子和老虎都是肉食獸。

141 exhausted / tired / weary   疲倦、勞累

• tired

意思是疲倦、疲乏、疲勞、累。它是普通用語，意味最弱，通常指由於費力過度而感到疲勞。它還可表示感到厭倦、厭煩的意思。

例

Are you **tired**?
你累了嗎？

He was **tired** with cutting the grass.
他割草割累了。

We are **tired** of hearing the old story.
這老故事我們聽膩了。

• weary

意思是疲倦、勞累。它與 tired 相比，意味較強，表示精力殆盡，以致不能繼續下去。它也可以表示感到厭倦、厭煩。

例

He feels **weary**.
他感到疲倦。

He was **weary** with talking.
他說累了。

Many young people in Taipei are **weary** of the way of life there.
台北有許多年輕人對那裡的生活方式感到厭倦。

• exhausted

意思是疲憊、勞累。涵義強烈，指由於長時間費力過度，以致精力耗盡。

例

He feels quite **exhausted**.
他感到精疲力竭。

The enemy troops were **exhausted** and demoralized.
敵軍疲憊不堪，士氣低落。

142 factory / mill / plant / works 工廠

• factory
意思是工廠，應用最廣泛，可指任何一種工廠。

例

What does the **factory** make?
這個工廠生產什麼？

My brother works in a **factory**.
我的兄弟在工廠裡工作。

• mill
表示工廠的意思時，多指輕工業方面的工廠，但也可指重工業方面的工廠。

例

My sister works in a cotton textile **mill**.
我的姊妹在棉紡廠工作。

The paper **mill** needs workers.
這家造紙廠需要工人。

We visited a steel **mill** yesterday.
我們昨天參觀了一個煉鋼廠。

• plant
表示工廠的意思時，往往指電力或機械製造等重工業方面的工廠。

例

The power **plant** is quite near.
發電廠就在附近。

They are working in the agricultural machinery **plant**.
他們在農業機械廠工作。

- **works**

表示工廠的意思時,多指鋼鐵等重工業方面的工廠。

🔲例

There are more than five thousand workers in the iron and steel **works**.
這個鋼鐵廠有五千多個工人。

🔲注

以上這幾個字的用法往往是依照習慣,很難截然區分。

143 family / home / house　家庭、住宅

• family

意思是家庭、家屬、著重指組成家庭的成員，常指家裡的全體成員，有時僅指某人的子女或某人的配偶和子女。

例

The Smith **family** has moved into the new house.
史密斯家已搬進了新房子。
（family 在這裡是用作集合名詞，指一家人這個集體，故其後面的動詞單數形式。）

My **family** are early risers.
我全家都是早起的人。
（family 在這裡是指全家人，故其後面的動詞用複數形式。）

Has he any **family**?
他有子女嗎？

Mr. Smith and **family** came together.
史密斯先生和家人一起來了。

• home

意思是家，指一個人（或一家人）居住的地方，但含有一定的住宅意味。它也指一個人出生或長大的地方（包括國家）。

例

He is not at **home**.
他不在家。

My **home** is in Kaohsiung.
我的家在高雄。

He looks forward to seeing the old **home** again.
他盼望能再回去看看老家。

Our delegation left Korea for **home** last Friday.
我國代表團於上星期五離開韓國回國。

- **house**

意思是房屋、住宅、家，指家時，通常是強調居住的房屋。

例

New **houses** are going up everywhere.
到處都在興建新房屋。

My **house** is quite small.
我的住宅很小。

I met with him at a friend's **house**.
我在友人家裡遇見他。

144　farmer / peasant　農民

• farmer

意思是農民。在英國 farmer 是指經營農莊的人。在美國凡是以耕種為生的人，尤其是經營農莊的人都稱為 farmer。

例

Here is the house of a **farmer**.
這是一位農民的住宅。

The **farmers** want rain.
農民需要雨。

• peasant

意思也是農民，包括僱農，小佃農或小自耕農。更多用於歷史背景，特別是描述封建社會，或是在描述農村生活時有文化、經濟、甚至政治的含義。可能帶有輕視或負面語感，用於形容人粗俗或生活條件差。

例

The **peasants** are working in the fields.
農民們在田間勞動。

Over 30 percent of our whole population are **peasants**.
我國代表農民占我國人口的百分之三十以上。

145　fast / rapid / swift / quick　快的、迅速的

• fast
意思是快的、迅速的，多指在運動中的人，動物或其他東西。

例

He is a **fast** typist.
他是一個打字很快的打字員。

This is a **fast** horse.
這是一匹快馬。

He will take a **fast** train.
他將搭乘快車。

My watch is five minutes **fast**.
我的錶快五分鐘。

• rapid
意思是快的、急的，也表示運動的速度快，往往可與 fast 通用。但它多指運動本身，還常表示速度很急。

例

The boy is making **rapid** progress.
這孩子進步很快。

Rapid speech is usually indistinct.
急促的言語往往不清晰。

The current was **rapid**.
水流得很急。

• swift
意思是快的、迅速的，表示速度很快，而又常指運動平穩而不費力。

例

Eagers are **swift** in flight.
鷹飛得很快。

The current was very **swift**.
水流速度非常快。

• quick

意思是快的、迅速的,一般用於即將發生的事情或佔用較短時間的事情。也可以用來表示爽快、迅速、敏捷等意思,尤指在行動速度快的方面。在口語中它常用以代替 quickly。

例

Be **quick**!
快點!

Please give me a **quick** reply.
請迅速給我答覆。

We had a **quick** meal.
我們吃了一頓快餐。

He is a **quick** worker.
他是一個動作敏捷的工人。

You're walking too **quick** for me.
你走得太快了,我跟不上。

146 fate / fortune 命運

• fate

意思是命運，宿命論者認為是由神靈或某種超然的力量決定，非人們所能掌握。

例

His **fate** is decided.
他的命運已定。

I do not believe in **fate**.
我不相信命運。

• fortune

意思是命運、運氣，指某人偶然發生什麼事情的原因，即所謂運氣，可以指好的或壞的運氣。

例

I had the **fortune** to meet him there.
我在那裡遇見他，真是運氣好。

I'll try my **fortune**.
我要碰碰運氣。

147 festival / holiday / red-letter day / vacation
節日、假期

• festival
意思是節日，其特點是共同歡樂，如外國的耶誕節，我國的春節等。

(例)
Christmas and Easter are Church **festivals**.
聖誕節和復活節是教會的節日。

A number of new films were shown during the Spring **Festival**.
春節期間上映了多部新片。

• holiday
意思是假日、節日、假期（常用複數）。表示假日時，是指停下工作休息的一天；表示節日時，是指按照法律或風俗習慣規定休假的一天，往往是為了紀念某件事情；表示假期時，是指停下工作而休息的一段時間。

(例)
Sunday is a **holiday**.
星期天是假日。

May Day is a great international **holiday**.
「五一勞動節」是偉大的國際性節日。

When do the **holidays** begin?
假期何時開始？

We have a month's **holiday**.
我們休假一個月。

• red-letter day
意思是紀念日、節日、大喜日子，指日曆上用紅字標明的日子。

(例)
There are many **red-letter days** round the year.
一年中有很多紀念日。

- **vacation**

意思是假期,通常指按規定停下工作或學習等活動而休息的一段時間,一般較長,如學校裡的寒暑假。

例

The summer **vacation** is over.
暑假已經結束了。(這裡的 vacation 可用 holidays 代替。)

I returned home in the **vacation**.
我在假期中回家了。

148 few / a few / little / a little　不多、有一些

• few

意思是不多、很少，與 many 相對，傾向於否定意思。它和可數名詞連用。

例

He has **few** friends.
他的朋友不多。（意即他幾乎沒什麼朋友）

Few people know it.
很少人知道這一點。（意即幾乎沒有人知道這一點）

• a few

意思是幾（個）、有些，數目雖小但是是肯定的。

例

A few people know it.
有幾個人知道這一點。

We are going away for **a few** days.
我們要離開幾天。

• little

意思是不多、很少，與 much 相對，傾向於否定，和不可數名詞連用。

例

There is only very **little** ink left in the bottle.
瓶子裡剩下的墨水很少。（意即瓶子裡幾乎沒剩下什麼墨水）

I have very **little** time for reading.
我很少有時間讀書。（意即幾乎沒什麼時間讀書）。

• a little

意思是有一些、有一點，量雖少但是是肯定的。

例

Don't worry, you still have **a little** time.
別擔心，你還有一些時間。

He knows **a little** French.
他懂一點法文。

149 fight / struggle 戰鬥、奮鬥

• fight

表示戰鬥的意思時，指力圖戰勝某人或某事物。它可以用作不及物動詞或及物動詞。

例

We **fought** against the enemy of freedom.
我們與自由的敵人對抗。

They are **fighting** for their rights.
他們在為自己的權利而鬥爭。

Doctors **fight** disease.
醫生與疾病搏鬥。

• struggle

意思是奮鬥，與 fight 相比，它表示在奮鬥中更為費力。它用作不及物動詞。

例

They are **struggling** against the forces of nature.
他們在和自然力作奮鬥。

Many colonial countries are **struggling** for independence.
很多殖民地國家在為獨立而奮鬥。

150　final / last　最後的

• final

意思是最後、最終的，表示終止或結束，有時還帶有決定性或結論性等意味。

例

Today is the **final** day of this term.
今天是本學期的最後一天。

We shall know the **final** results of the elections tomorrow.
明天我們將知道選舉的最後結果。

That's a **final** decision.
那是最終決定。

• last

表示最後、末尾的等意思時，指按次序或時間先後中居於最後，並意味著後面不再有了。

例

My house stands in the **last** row.
我的住宅在最後一排。

He was the **last** one to enter.
他是最後一個進來的。

151　find / look for　尋找、找到

• find
意思是找到，表示有一定界限的行為，超過一定界限，行為就不能進行。

例

Did you ever **find** that pen you lost?
你找到你遺失的那支鋼筆了嗎？

I looked for it for several days but haven't **found** it yet.
這東西我找了好幾天了，可是至今仍未找到。

Will you **find** me a spade?
你能幫我找一把鏟子嗎？
（這裡的 find 雖然譯作「找」，但不是尋找遺失的鏟子，而是「弄到」的意思。）

• look for
意思是尋找、找，表示沒有具體界限的行為，而行為可以無限地持續下去。

例

What are you **looking for**?
你在找什麼？

I'm **looking for** my brother; do you know where he is?
我在找我兄弟，你知道他在哪裡嗎？

I'm **looking for** my pen.
我在找我的鋼筆。

152 flesh / meat 肉

- **flesh**

意思是肉，通常指人或動物身上的肉，也可指供食用的獸類肉（不包含魚及家禽的肉）。可強調肉的生物或物理特性，或是宗教、詩意中的意義。

例

Lions and tigers are **flesh**-eating animals.
獅子和老虎是肉食動物。

He is losing (gaining) **flesh**.
他漸漸消瘦（發胖）。
（lose flesh 的原意是「掉肉」，gain flesh 的原意是「長肉」。）

He does not eat fish, **flesh** and fowl.
他不吃魚、肉和家禽。

- **meat**

肉品總稱，指供食用的肉，通常不包括魚和家禽的肉。

例

We had **meat** for lunch.
我們午餐吃肉。

I like lean **meat**.
我喜歡吃瘦肉。

注

meat 是供食的肉類的總稱，豬肉、牛肉、羊肉等各有其專門的英文名稱，即 pork、beef、mutton 等。

153 foolish / silly / stupid　愚蠢的

• foolish
意思是愚蠢的、傻的，指缺乏判斷力或普通常識的人或言行等。

例

How **foolish** of you to consent?
你竟然會同意，多麼愚蠢啊！

Don't be so **foolish**.
別那麼傻。

He is a **foolish** man to throw away such a chance.
他放棄這樣的機會真是個傻瓜。

• silly
意思也是愚蠢的、傻的，表示愚蠢到了極點，以致令人發笑或輕視。它還常常表示沒有意思、無聊等意義。

例

How **silly** of you to do that!
你竟然做了那件事，多麼愚蠢啊！

Don't be **silly**!
別傻了！

That is a **silly** story.
那是一個無聊的故事。

• stupid
意思是愚蠢的、笨的，指智力差，覺察理解力、學習能力等差。它有時可與 foolish 或 silly 通用，但語意最強。

例

He is a **stupid** person.
他是個愚蠢的人。

How **stupid** of him to overlook such an obvious mistake.
如此明顯的錯誤他居然沒有看出來，多麼笨呀！

Don't be **stupid** enough to believe that.
不要那麼傻去相信那件事。

154　forbid / prohibit　禁止

• forbid
意思是禁止、不允許，是比較普通的用語，指制止某人做什麼。

例

The doctor **forbids** him to smoke.
醫生禁止他抽菸。

I **forbid** you to go.
我不許你去。

• prohibit
意思是禁止、阻止，是比較正式的用語，常指由法律或法令等加以禁止。

例

Smoking strictly **prohibited**.
嚴禁吸菸。

He was **prohibited** by law from doing it.
法律禁止他做這事。

155　freedom / liberty　自由

• freedom

意思是自由，應用最廣泛，指不受任何阻礙、約束、限制和壓制，可以完全按自己的意志行事。

例

We all enjoy **freedom** of speech.
我們都享有言論自由。

We give a guest the **freedom** of our home.
我們讓客人自由使用我們的住宅。

• liberty

意思也是自由，常常可與 freedom 通用，但嚴格地講，它意味著從束縛和壓制中解放出來而獲得自由。

例

They have regained their **liberty**.
他們已重獲自由。

They fought to defend their **liberty**.
他們為保衛自由而戰。

156　gift / present　禮物

• gift

表示禮物的意思時，多指比較正式的禮物。

例

The watch was a **gift** from his father.
這只錶是他父親送給他的禮物。

The painting was a **gift** to the museum.
這幅畫是贈送給博物館的禮物。

• present

表示禮物的意思時，往往可與 gift 通用，但不如 gift 正式。

例

I'm buying it for a **present**, so please wrap it up nicely.
我是買來送禮的，請你包裝得好一點。

He gave me the book as a **present**.
他送我這本書當作禮物。

157　glasses / spectacles　眼鏡

• glasses
意思是眼鏡，它來自盎格魯撒克遜語。

例

She can't read without **glasses**.
她不戴眼鏡無法看書。

• spectacles
意思也是眼鏡，現已較不常用，帶有一種懷舊或優雅的感覺。使用時具有文學或戲劇性的效果，尤其在書寫或講故事時可以大膽用它。

例

He is reading with his **spectacles** on.
他戴著眼鏡在看書。

158　grasp / grip / seize　抓住

• grasp
表示抓住、抓牢的意思時，是指抓住並抓緊。

例

He **grasped** my hand.
他抓住我的手。

I **grasped** him by the wrist.
我抓住他的手腕。

• grip
表示抓緊、抓牢的意思時，與 grasp 同義，但其語意更強。

例

The frightened child **gripped** its mother's hand.
那受驚嚇的孩子緊緊抓住他母親的手。

He **gripped** a rope.
他牢牢地抓住一根繩子。

• seize
表示抓住的意思時，是指突然猛力地抓住。

例

He **seized** a shovel and began to dig.
他抓住一把鏟子就開始挖掘。

I **seized** him by the collar.
我抓住他的衣領。

159　grass / weed　草

• grass
意思是草，通常指可用作牧草的青草，或可培植作草坪的青草。

例

The **grass** is coming up.
草長起來了。

The dew drops on the **grass** sparkled.
草上面的露珠閃閃發光。

• weed
意思也是草，通常指雜草。

例

Weeds spring up.
雜草長出來了。

The gardener pulls up the **weeds**.
園丁拔除雜草。

注

還有 herb 一字，是指可製藥或香料的藥草或香草。

160 grave / tomb / cemetery 墳墓

- **grave**

意思是墳墓，通常指墓穴、墳堆或墓碑。

(例)

They buried the martyr's remains in the **grave**.
他們把烈士的遺體葬在墳墓裡。

- **tomb**

意思是墳墓，是比較莊重的用語，尤指有墓碑的墓。

(例)

We visit a **tomb**.
我們去掃墓。

- **cemetery**

意思是墓地、公墓。

(例)

The casket containing the martyr's ashes was moved to the **cemetery**.
烈士的骨灰罈送到了公墓。

161 happen / occur / take place 發生

• happen

表示發生的意思時，是普通用語，應用廣泛。它表示事情的發生有直接原因或帶有偶然性。

例

What has **happened**?
發生什麼事情了？

It **happened** through your negligence.
這件事是因為你的疏忽造成的。

If anything **happens** to him, let me know at once.
如果他發生什麼事情，請立即告訴我。

• occur

表示發生的意思時，常常可與 happen 通用，但它是較為正式的用語，且通常指在一定的時間發生一定的事件。

例

When did the accident **occur**?
那事故是什麼時候發生的？

The accident **occurred** at four o'clock.
那事故是在四點鐘的時候發生。

Don't let the mistake **occur** again?
不要讓這樣的錯誤再次發生。

• take place

也可以表示發生的意思，沒有偶然的意味。

例

The fall of the Berlin Wall **took place** on November 9, 1989.
柏林圍牆的倒塌於 1989 年 11 月 9 日發生。

The signing of the Declaration of Independence **took place** on July 4, 1776, marking the birth of the United States as a nation.
《獨立宣言》的簽署於 1776 年 7 月 4 日舉行，標誌著美國作為一個國家的誕生。

162 harbour / port   港、港口

• harbour
意思是港、港口,是天然的或人造的港,一般指商業港口。

例
There are several foreign ships in the **harbour**.
港口有幾艘外國船隻。

That is a great natural **harbour**.
那是一個天然大港。

• port
意思也是港、港口,通常是人造的港,不限指商業港口,有時還指港口城鎮。

例
The ship entered the **port**.
船進港了。

All the warships in **port** were fully dressed.
港內軍艦都裝備齊全。

163　hare / rabbit　野兔

• hare

意思是野兔，一般比 rabbit 大，不鑽洞棲身，常出現在傳說或寓言中，如《龜兔賽跑》。

例

That is a **hare**.
那是一隻野兔。

• rabbit

也可表示野兔的意思，但一般來說比 hare 小，鑽洞棲身，它也可以指家兔，常與家庭、繁殖力和可愛聯繫在一起。

例

I saw a **rabbit** hole.
我看到一個野兔洞。

He came back with a couple of **rabbits** and a hare.
他帶了一對家兔和一隻野兔回來。

164 have to / must 必須

• have to
意思是必須，往往著重於客觀需要，含有不得不的意味。

例

Have you **to** see a doctor today?
你今天要去看醫生嗎？

It was late and we **have to** stay at home.
時間已晚，我們只能待在家裡。

You **haven't** go **to** school today, have you?
你今天不需要去上學，是嗎？

• must
表示必須的意思時，往往著重於主觀上認為有義務、有必要。

例

We **must** work hard.
我們必須努力工作。

I **must** go.
我必須去。

You **must** be there on time.
你務必按時到達那裡。

165　hear / listen　聽見

• hear
意思是聽見、聽到，表示耳朵裡聽到了，但不一定是有意識去聽。

例

I **heard** someone laughing.
我聽見有人在笑。

Have you heard the news?
你聽到那個消息了嗎？

He doesn't **hear** very well.
他的聽力不太好。

• listen
意思是聽，表示有意識地去聽，但不一定聽見什麼。

例

We **listened** but heard nothing.
我們聽了，但沒有聽見什麼。

We are **listening** to the radio.
我們正在聽廣播。

Please **listen** to me.
請聽我説。

166　heaven / sky　天國、天空

• heaven

意思是天、天國、天堂，與 earth（地）和 hell（地獄）相對。在文學語言中，它也可以指天空，常用複數形式（heavens）。

例

The commune members are fighting **heaven** and earth.
社員們打得天翻地覆。

He looked at the starry **heavens**.
他望著佈滿星星的天空。

注

這句也可以說：He's looking at the starry sky.

• sky

意思通常是天、天空，一般用單數，但在文學用法中，有時也用複數形式（skies）。

167 high / tall 高的

• high

表示高的（指高度）的意思時，和 low 相對，主要指本身比一般同類東西較高，或指所處位置較高。

例

That's a very **high** mountain.
那是一座很高的山。

To my right hand there was the **high** dark wardrobe.
在我的右邊擺著一個高高的黑色衣櫃。。

He looked at the **high** ceiling.
他望著高高的天花板。

• tall

意思是高的，常與 short 相對，也指同類中較高的，尤其表示高度遠遠超過寬度或直徑。可以指人也可以指物。當用以指物時，往往可與 high 通用，但不用來指山。

例

She is rather **tall**.
她相當高。

We can see the **tall** (high) tower.
我們可以看到那個高塔。

There are many **tall** (high) buildings everywhere.
到處都有許多高大的建築物。

168 hill / mountain 山

• hill

意思是小山，通常指比 mountain 小的山。

例

I went down the **hill**.
我從山上走下來。

The house stands on the top of a **hill**.
房子在山頂上。

• mountain

意思是山，通常指比一般 hill 大或高的山。

例

We made our way up the **mountain**.
我們去登山。

He was brought up in the **mountains**.
他是在山裡長大的。

169　hotel / inn　旅館

• hotel

意思是旅館、旅社，通常指供應旅客住宿和餐食的地方。但就我國而言，有的旅館只供住宿，而不供應餐食。一般來說，hotel 的規模比較大。

例

For the time being I am living at the **hotel**.
我暫時住在旅館裡。

What is the charge for a day at that **hotel**?
那間旅館每天收費多少？

• inn

意思是小旅館、旅社，通常指供應旅客住宿、喝酒或吃飯的地方。一般來說，inn 的規模較小，現在多指鄉間或公路旁的小旅社。

例

He stopped for the night at an **inn**.
他在旅館裡過夜。

I put up at an **inn**.
我住在旅館裡。

注

還有 hostel 一字，表示宿舍、青年旅館。

170 hurt / injure / wound 受傷、傷害

• hurt
意思是使受傷、使疼痛、使傷心、傷害。可以表示使肉體受傷或疼痛，也可以表示使感情受到傷害。

例

He **hurt** his back when he fell.
他跌倒時傷了背部。

My shoe is too tight; it **hurts** (me).
我的鞋子太緊了，害我的腳好痛。

That'll **hurt** her feelings.
那會傷她的感情。

• injure
意思是傷害、損害，指損害一個人的外表、健康、完好的東西（如自尊心、名譽、成就等）等。

例

He **injured** an arm in a car accident.
他在一次車禍中傷了一隻手臂。

You will **injure** your health by smoking too much.
你吸菸太多，有傷身體。

This **injured** his pride.
這傷了他的自尊心。

• wound
意思是使受傷、傷害，通常指因外來的暴力使身體受傷，尤其在戰爭中或遭襲擊受傷。它也可指精神上受創傷。

例

Ten soldiers were killed and thirty **wounded**.
十名士兵陣亡，三十名受傷。

The bullet **wounded** him in the shoulder.
子彈打傷了他的肩膀。

He felt **wounded** in his honour.
他覺得他的名譽受到了傷害。

171　idle / lazy　空閒的、懶惰的

• idle

常表示空閒的、閒著的等意思，著重於不做事，但並不一定是不願意做事，也可指閒著無事可做。

例

They turned **idle** bread eaters into productive workers.
他們把吃閒飯的人變成生產工人。

We spent many **idle** hours during the holidays.
假期中我們度過很多閒暇的時光。

The shutdown left 2000 workers **idle**.
這次關閉（停工）使兩千名工人閒著無事可做。

• lazy

意思是懶惰的，著重於不願意做事，很少做事。

例

He is a **lazy** boy.
他是個懶惰的孩子。

Don't be so **lazy**.
不要這麼懶。

He is too **lazy** to do it.
他太懶了，做不來這事情。

172 ill / sick 生病

• ill

意思是生病、有病，一般只用作補語。在英國多用 ill，在美國 ill 和 sick 可以通用，但 ill 比較正式些。

例

He has been **ill**.
他生病了。

He is very **ill**.
他病得很厲害。

• sick

意思是病、有病、作嘔。在英國 sick 用作形容詞時，是指有病的意思，用作補語時，則一般指噁心、想要嘔吐等。但在美國 sick 用作補語和形容詞都指生病。

例

He's a **sick** man.
他是病人。

I feel **sick**.
我覺得噁心想吐。

He has been **sick** for three weeks.
他已病了三個星期了。

（這是美國用法，英國一般用 ill。）

173 implement / tool / instrument　工具

• implement

意思是工具、器具、器械。它適用於為進行某項工作或實現某一目的而使用的任何器具,既可指簡單的工具,也可指比較複雜的器具。

〔例〕

They have many farm **implements**.
他們有很多農具。

There are some agricultural **implements** of the most modern type on the Tom's farm.
湯姆的農場有一些最新型的農業器械。

• tool

意思是工具、器具,通常指手工操作的簡單工具,如木匠等使用的工具。它還可以用作借喻。

〔例〕

I have a set of carpenter's **tools**.
我有一套木匠使用的工具。

His father works in a fame **tools** factory.
他父親在農具廠工作。

We need foreign languages as **tools**.
我們需要外語作為工具。

• instrument

意思是工具、器具、器械、儀器,尤指用於精緻工作或用於科學、藝術方面的工具或儀器。它也可以用作借喻。

〔例〕

Precision **instruments** are required for our scientific experiments.
我們的科學實驗需要精密儀器。

He plays several musical **instruments**.
他會彈奏好幾種樂器。

He was made the **instrument** of another's crime.
他被利用成為他人犯罪的工具。

174　indeed / really　真的、的確

• indeed

意思是真的、的確，多用以表示肯定或證實別人所說的話，或加強自己說話的肯定語氣。

例

It's a difficult problem.
這是一個困難的問題。

Indeed it is.
的確如此。

We were **indeed** very glad to hear the news.
聽到這消息我們真的很高興。

Thank you very much **indeed**.
真感謝你。

• really

意思是真的、真正、的確，指和事實或現實不相違背，用以表示肯定對方所說的實話，希望對方說實話或強調自己說的是實話。它有時還用以表示對對方所說的話感到驚訝、生氣、懷疑等。

例

He is a good student.
他是個好學生。

Really.
的確是。

Do you **really** wish to go?
你真的想去嗎？

It was **really** not my fault.
那的確不是我的錯。

We're going to Hawaii this summer.
今年夏天我們要去夏威夷。

Oh, **really**?
啊，真的嗎？

175 inform / notify 通知、報告

• inform
意思是通知、告訴、報告，使人知道某事。

例

I **informed** him of my father's arrival.
我通知他我父親已到。

Can you **inform** me where he lives?
你能告訴我他住在哪裡嗎？

We'll keep you **informed**.
我們將隨時向你報告情況。

• notify
意思是通知、報告，將對方需要注意的事情正式通知對方。

例

Please **notify** the classmates to gather on the playground.
請通知同學們到操場集合。

I **notified** him that the meeting had been postponed.
我通知他會議已延期。

176 insist / persist / persevere　堅持

• insist

意思是堅持，多指堅持某種意見、堅持要求，後面常接介系詞 on 或 upon，也可接子句。

例

He **insisted** on this point.
他堅持這一點。

He **insisted** on my coming.
他堅持要我來。

I **insisted** that he should come with us.
我堅持要他跟我們一起去。

• persist

表示堅持的意思時，指不顧困難或反對地堅持下去；更常用來表示固執甚至頑固，不聽人家的勸告或告誡。它後面接介系詞 in。

例

He **persisted** in going in spite of the rain.
儘管下著雨，他還是堅持要去。

He **persisted** in his opinion.
他固執己見。

• persevere

意思是堅持，指不顧困難或反對地一直堅持下去，這個字通常含有褒獎的意義，表示對的堅持。它與介系詞 in、at、with 連用。

例

They **persevered** in a legal fight.
他們堅持法律解決。

He **persevered** in the right against all opposition.
他不顧一切反對，堅持正義。

They **persevered** with an arduous task.
他們堅持進行艱鉅的工作。

177　interpreter / translator　口譯員、筆譯者

• interpreter
意思是口譯員、解說員，都是指口頭上的。

例

I talked to him through an **interpreter**.
我透過翻譯和他談話。

He worked as **interpreter** at the exhibition.
他在展覽會擔任解說員。

• translator
意思是譯者，通常指筆譯者。

例

He is an English **translator**.
他是英語翻譯工作者。

My brother is a French **translator**.
我兄弟是法語翻譯工作者。

178　journey / trip / voyage / tour / travel　旅行

• journey

意思是旅行、旅程。它是比較正式的用語，通常指較長距離的陸上旅行（但不一定只指這種旅行），沒有回到原出發地的含義。

例

He went on a long **journey**.
他去長途旅行。

I wish you a pleasant **journey**!
祝你旅途愉快！

• trip

表示旅行的意思時，嚴格地說是指較短距離的旅行，但在比較通俗的用法中，它常用以代替 journey。

例

We'll make a **trip** on Sunday.
這個星期天我們將去旅行。

He came back from a **trip**.
他旅行歸來。

We are planning a **trip** to Europe.
我們正計劃到歐洲去旅行。

• voyage

意思是航行，在現代英語中，它多指比較長距離的水上航行，但也指空中航行。

例

He made a **voyage** from New York to Paris.
他從紐約航行到巴黎。

They made a **voyage** to France by air.
他們搭飛機到法國。

- **travel**

意思是旅行、遊歷。它的單數形式是泛指旅遊行為或過程,而不指某一次具體的旅行。表示某次具體的旅行時,常用複數,通常指「到遠方去的」或「長時間的旅行」。它沒有直接到某地旅行的含義,而有「到各處旅行遊歷」的意味。

例

Travel was slow and dangerous in England a thousand years ago.
一千年以前在英國旅行費時且危險。

Is he back from his **travels** yet?
他旅行回來了嗎?

On his doctor's advice, he went on his **travels**.
遵照醫生的意見,他出發去旅行。

179 jump / leap / spring　跳

• jump

意思是跳，是普通用語，指從地面或其他立足點跳起來。它可指往高處或往下面跳，也可指跳過什麼。

例

The boy **jumped** into the car.
那孩子跳上了汽車。

He **jumped** into the river.
他跳到河裡去了。

He **jumped** across a stream.
他跳過了一條溪。

• leap

意思也是跳，是文學上和修辭上的用語。它常指跳過相當的距離，還含有連跑帶跳的意味。

例

He **leapt** aside in time for the car to pass.
他及時跳開讓汽車過去。

He **leapt** on me without a word.
他一句話也沒有說就向我撲來。

• spring

表示跳的意思時，是很普通的用語，著重於突然而迅速。

例

He **sprang** to his feet.
他忽然站起來。

I **sprang** out of bed.
我從床上跳起來。

180 kill / murder / slaughter　殺死、謀殺、屠殺

• kill

意思是殺，是普通用語，不限於用刀殺人，指用任何辦法把人或動物弄死。

例

He was **killed**.
他被殺死了。

He was **killed** in a train accident.
他在一次火車事故中死亡。

They **killed** animals for food.
他們宰殺動物為食。

• murder

意思是謀殺，指非法地、存心不良或有預謀地殺人。

例

They **murdered** a policeman.
他們謀害了一個警察。

• slaughter

意思是屠殺，指大批地、殘酷地殺人，也可指屠宰動物。

例

Old men, women and children were mercilessly **slaughtered**.
老人、婦女和孩子們都遭到殘酷的屠殺。

181 kind / sort　種類

• kind
表示種類的意思時，指屬於同種類的東西。

例

This is a new **kind** of machine.
這是一種新型機器。

What **kind** of tree is this?
這是什麼樹？

What **kind** of man is he?
他是怎樣的人？

• sort
意思也是種類，指大致上相似的東西。在日常應用中，這兩個字常被毫無區別地使用著，不過當表示帶有輕蔑的意味時，多用 sort。

例

What **sort** of book do you want?
你需要哪一種書？

I'll never do this **sort** of thing.
我決不會做這種事。

What **sort** of people go there?
什麼樣的人會去那裡？

182 know / recognize 認識

• know

表示認識的意思時，可以表示認識或熟悉某人，也可表示認識某人是誰（即認得某人長什麼樣子）。它不僅可以用於人，還可以用於地方。

例

Do you **know** him?
你認識他嗎？

I have **known** him for more than ten years.
我認識他有十多年了。

I **know** him by sight but have never spoken to him.
我認識他，但從來沒有和他講過話。

He **knows** the city thoroughly.
他很熟悉那個城市。

• recognize

表示認識的意思時，表示能認出曾經見過或原本認識的人或物。

例

Do you **recognize** him?
你認得他是誰嗎？
（這裡表示你原本就認識他，看你現在是否還認得他。）

I did not **recognize** him at once.
我一下子都認不得他了。

When he came back to Taipei, he hardly **recognized** the city.
當他回到台北時，他幾乎認不得這個城市了。

183 labour / toil / work 勞動

• labour
意思是勞動、工作，多指艱苦的體力勞動，也可指腦力勞動。它可以作名詞或動詞。

例

They often take part in physical **labour**.
他們經常參加體力勞動。

They earn their living by manual **labour**.
他們靠體力勞動來維持生計。

My **labour** has been fruitless.
我的勞動白費了。

They are **labouring** in the fields.
他們在田裡勞動。

• toil
意思是辛勞、辛勤勞動，指長時間使人精疲力竭的體力或腦力勞動。它可以用作動詞或名詞。

例

Before hitting the Jackpot, he **toiled** to earn a living.
在中大獎前，他為了生活而辛勤勞動。

He has spent twenty years of **toil**.
他已渡過了二十年的辛勤勞動。

• work
意思是工作、勞動，是普通用語，含義最廣，可以指任何有目的性的體力或腦力勞動，不論輕重難易都可使用。它可以用作名詞或動詞。

例

I have a lot of **work** to do this evening.
今晚我有許多工作要做。

He was busy at **work** all day.
他整天忙於工作。

He's been **working** hard all day.
他努力工作了一整天。

They **worked** on the orchard.
他們曾在這果園工作。

184 laugh / smile 笑

• laugh

意思是笑，指出聲地笑，而且還帶有面部表情和動作。它可以表示高興、快樂、嘲笑等。

例

The jokes made everyone **laugh**.
那些笑話讓大家都笑了。

The children are jumping and **laughing**.
孩子們邊跳邊笑。

Don't **laugh** at her.
別嘲笑她。

• smile

意思是微笑，指無聲的笑，通常表示愉快、親切、友好等，有時也表示譏諷、嘲笑等。

例

I had to **smile** when he said it.
當他講這件事的時候，我不得不笑。

What made you **smile**?
是什麼讓你笑了？

I **smiled** at his threats.
對於他的威脅我一笑置之。

185　lawn / meadow / pasture　草地、牧場

• lawn

意思是草坪，指經常進行修整的草地，尤指房子前面或周圍的草地，也指花園或公園裡的草地，還指供運動用的草地。

例

He lay on the **lawn**.
他躺在草坪上。

This is our tennis **lawn**.
這是我們的草皮網球場。

• meadow

意思是草地、牧場，特別指為牲畜提供食用草的草地。在美國，它還指河邊、湖邊等的低草地。

例

The **meadow** is not yet cut.
草地還沒有被割草。

They are on the flowery **meadow**.
他們在開著野花的草地上。

• pasture

意思是牧場、草地，指供放牧牛羊用的草地。

例

The cattle are grazing in the **pasture**.
牛群在牧場上吃草

186 learn / study   學習

• learn

表示學、學習的意思時,是普通用語,往往指透過學習、練習或別人教導以獲得某種知識或技能。它著重於學習的收穫,因此常譯成學會或學到。

例

He is **learning** English now.
他目前正在學習英語。

I am **learning** to swim.
我正在學游泳。

He **learns** very quickly.
他學得很快。

Have you **learned** your lessons?
你的課業都學會了嗎?

Have you **learned** to ride a bicycle yet?
你已經學會騎自行車了嗎?

• study

意思是學、學習、研究,通常指比較深入地學習或研究,含有努力去學的意味。它著重於學習的行動或過程。

例

He is **studying** law.
他在學法律。

They are **studying** the works of Newton.
他們正在研究牛頓的作品。

He went to Howard University to **study**.
他到哈佛大學學習去了。

187　lift / raise　舉起、抬起

• lift
意思是舉起、提起、抬起，常常表示舉（提、抬）起某物時需要費些力氣。

例

This is too heavy for me to **lift**.
這太重了，我舉不起來。

He **lifted** a pail of water from the ground.
他把一桶水從地上提起來。

Please help me **lift** the table.
請幫我把桌子抬起來。

• raise
也可以表示舉起、抬起等意思，但它著重指使某物豎立起來。

例

Those who are ready, please **raise** your hand.
準備好的人請舉手。

He **raised** his head.
他抬起了頭。

188 like / love / be fond of 喜歡

• like

用作動詞表示喜歡、喜愛的意思時，與 dislike 相對，是本組字中語意最弱的字。

例

I **like** the poem.
我喜歡這首詩。

I don't **like** smoking.
我不喜歡抽菸。

He **likes** to swim in big rivers.
他喜歡在大河裡游泳。

I **like** him.
我喜歡他。

• love

意思是愛、熱愛，與 hate 相對，帶有強烈的感情，是本組字中語意最強的字。在口語中，它也常常表示喜歡、愛好等意思。

例

We **love** our country.
我們熱愛我們的國家。

We **love** our family.
我們愛自己的家庭。

She **loves** to sing.
她喜歡唱歌。

• be fond of

意思是喜歡、愛好，它的語意比 like 強，但比 love 弱。它的後面不能接不定式。

例

He **is fond of** music.
他愛好音樂。

I **am fond of** reading.
我喜歡讀書。

He **is** very **fond of** his mother.
他很喜歡他的母親。

注

prefer 也可以表示喜歡，指「相較起來更喜歡……」的意思。

例

Which would you **prefer**, tea or coffee?
你喜歡喝茶，還是咖啡？

189 little / small 小的

• little

表示小的意思時，與 big 和 great 相對，表示本身很小，但不含比一般狀態小的意思。用這個字時，往往帶有強調意味。

例

What a pretty **little** house!
一間多麼漂亮的小房子！

I want the **little** box, not the big one.
我要小箱子，不要大的。

Look at that poor **little** girl!
看那可憐的小女孩！

How are the **little** ones?
孩子們好嗎？

注

little 用以指人時，表示和成年人相比，個子小，年紀也小。

• small

表示小的意思時，與 large 相對，它常常可與 little 通用，但多指就一般標準而言比較小的東西，不帶有強調意味。

例

The boy is **small** for his age.
就年齡來說，這男孩的個子小了些。

He lives in a **small** room.
他住在一個小房間裡。

He works in a **small** factory.
他在一個小工廠裡工作。

190　look / see　看見

• look
意思是看、望，表示有意識地看。

例

What are you **looking** at?
你在看什麼？

She **looked** out of the window.
她從窗口望出去。

We **looked** but saw nothing.
我們看了，但什麼也沒有看見。

• see
意思是看見，表示眼睛看到，但不一定是有意識去看。它還可以表示會見、訪問、觀看、參觀等意義。

例

He looked round but **saw** nobody.
他轉過頭去看了一下，但沒有看見什麼人。

I **saw** him do it.
我看見他做的。

Have you **seen** today's paper?
你看過今天的報紙了嗎？

I'm glad to **see** you.
我很高興與你見面。

I'm going to **see** him this evening.
今天晚上我會去看他。

Yesterday I went to **see** a film with my friends.
昨天我和朋友去看了電影。

注

see 可以用於祈使句中，意義與 look 幾乎相同。

例

See, here he comes.
你看，他來了。

191 machine / machinery　機器、機械

• machine

意思是機器、機械。為可數名詞，非常普通的用語。

例

This is a new kind of **machine**.
這是一種新型機器。

This **machine** is out of order.
這台機器故障了。

• machinery

意思也是機器、機械，為機器的總稱，是不可數名詞。

例

The factory was equipped with modern **machinery**.
那家工廠配備了新型機器。

How much new **machinery** has been installed?
安裝了多少新機器？

192　many / much　許多、很多

- **many**

意思是許多、很多,指數目而言,與可數名詞的複數形式連用。

例

Many workers think so.
很多工人都這樣想。

He doesn't have **many** books.
他沒有很多書。

Many of them have left for the countryside.
他們之中的許多人都去農村了。

- **much**

意思也是許多、很多,指量而言,與不可數名詞連用。

例

Much coal has thus been saved.
這樣就節約了大量的煤。

He never eats **much** breakfast.
他早餐從來都吃得不多。

There is **much** to be done.
還有大量工作要做。

193 **memorize** / **remember** / **recall**　記住、想起

- **memorize**

意思是記住、熟記，表示有意識地努力去記。

〔例〕

I should like to **memorize** this poem.
我想記住這首詩。

We must **memorize** the stage dialogue.
我們必須熟記台詞。

- **remember**

意思是記得、記起、想起，通常表示不用有意且費力地去想。它也可以表示把什麼事情記在心上，有意識地去記。

〔例〕

I **remember** seeing him once.
我記得曾經見過他一次。

I can't **remember** his name.
我記不起他的名字。

I don't **remember** when it was.
我想不起那是在什麼時候。

Remember to bring the book next time.
下次記得把書帶來。

- **recall**

意思是想起、回憶起，指有意或努力去想起某件已經忘記的事，還常常意味著把想起來的事說出來。

〔例〕

Can you **recall** your schooldays?
你能回憶起學生時代的情形嗎？

I can't **recall** having met him before.
我想不起以前曾見過他。

I remember the house, but I cannot **recall** how we went there.
我還記得那棟房子，但是我想不起我們是怎麼到那裡去的。

194 mend / repair　修補、修理

• mend

意思是修補、修理。它是普通用語，指對因穿戴或使用等原因而破損的東西，加以修補或修理。

例

There's a hole in your shirt. Better **mend** it right away.
你的襯衫上有一個破洞，最好馬上補一補。

The broken window requires to be **mended**.
這扇破損的窗戶需要修理。

• repair

意思也是修理、修補，常與 mend 相等。需要修理的東西由於使用或年代等原因已經損壞、修起來比較複雜時，多用 repair。

例

They have **repaired** the car.
他們已經把汽車修好了。

It will take all the summer to **repair** the house.
需要整個夏天才能把房子修好。

195 mouse / rat 老鼠

- **mouse**

意思是老鼠，比 rat 小。

例

I have set a trap for **mouse**.
我設置了一個捕鼠器捕鼠。

When the cat's away, the **mice** will play.
【諺語】貓不在，鼠作怪。

- **rat**

意思也是老鼠，但比 mouse 大。

例

A rat has fallen into the **trap**.
一隻老鼠掉到了捕鼠器裡。

A **rat** crossing the street is chased by all.
老鼠過街，人人喊打。

196　officer / official　官員

• officer
意思是官員，常指武官，有時也指文官。

例

The **officer** put down his arms and jumped into the pond for the fish.
那軍官放下武器，跳到池塘裡抓魚。

His father is a police **officer**.
他的父親是警官。

He is an administrative **officer**.
他是行政官。

• official
意思是官員，通常指政府的文職官員。

例

An **official** is suspended from office.
有一位官員被停職。

They are government **officials**.
他們是政府官員。

197　oppress / suppress　壓迫、鎮壓

- **oppress**

意思是壓迫，指對某人進行壓迫，以致使其衰弱。

例

The English cruelly **oppressed** and exploited the Indian people.
英國人殘酷地壓迫和剝削印度人。

We firmly support the civil right of the **oppressed** people of the world.
我們堅決支持全世界被壓迫人民的人權。

- **suppress**

意思是鎮壓、壓制，意味著完全制止或阻止，通常要憑藉某種努力。

例

The police are trying in vain to **suppress** the students' protest in the street.
警察妄想鎮壓街頭的學生抗議。

It is absolutely impermissible for anyone to **suppress** criticism or to retaliate.
絕不允許任何人壓制批評和打擊報復。

198　ought / should　應該、應當

• ought

意思是應該、應當。語氣更正式，帶有更強的道德或義務意味，但在現代英語中使用較少。

例

You **ought** to go there.
你應該到那裡去。

You **ought** to have told me that yesterday.
你昨天就應該把那件事告訴我。

You **ought** to eat more.
你應該要多吃一點。

• should

也有應該、應當的意思，也表示有責任或義務，但與 ought 相比意味較弱，它有時還表示有必要。

例

You **should** be more careful.
你應該細心一點。

He **should** have told me the news yesterday.
他昨天就應該把這消息告訴我。

It is necessary that we **should** bring in all the crops in a week's time.
我們必須在一星期內收完所有農作物。

199 path / road / way 道路

• path
意思是小路、小徑，常常指只供人們步行的小路。

(例)

Keep to the **path** or you lose your way.
沿著這條小路走，否則你可能會迷路。

The **path** up the hill is steep.
到山上的路很陡。

• road
意思是路、道路，通常指人和交通工具通行的道路，它也可以用作借喻，表示「導致……的途徑」。

(例)

Where does this **road** lead to?
這條路通往什麼地方？

It was a very hot day, and the **road** was terrible dusty.
那是非常炎熱的一天，路上的塵土多得驚人。

It is the **road** to success.
這是成功之路。

• way
表示路的意思時，不是指人和交通工具通行的路，而是指要達到特定的地點所必須通過的地方。

(例)

It is a long **way** from here to the station.
從這裡到車站有一大段路。

Which is the shortest **way** there?
到那裡要走哪條路最近？

Are you going this **way**?
你要走這條路嗎？
（意即你往這邊走嗎？）

200 pay / salary / wage   工資、薪水

- **pay**

意思是薪餉、工資。

(例)

The officer got an increase in **pay**.
這名軍官獲得加薪。

On what day does he receive his **pay**?
他哪一天領薪？

- **salary**

意思是薪水，在英國通常指年薪按月或季度發給；在美國往往指按月或每半個月發給，領取這種薪水的人員要求有教養或能力。

(例)

He received his **salary** for last month yesterday.
他昨天領到上個月的薪水。

He manages to make both ends meet on his **salary**.
他根據自己的薪水想辦法做到收支平衡。
（他量入為出。）

- **wage**

常用複數，意思是薪水、工資、工錢，在英國通常指按週計算的，在美國往往是按天或按週計算，尤指發給體力勞動者和佣人的工錢。

(例)

His **wages** are £10 a week.
他的工資每週為十英鎊。

He takes his **wages** home to his wife every Friday.
他每星期五把工錢帶回家交給妻子。

201 people / person 人、人們

• people
表示人、人們的意思時，著重指集體而言，本身雖不用複數形式，但與其連用的述語動詞則要用複數形式。

例

Most **people** think so.
大多數人都這樣想。

There are many **people** in the square.
廣場上有很多人。

Several **people** were hurt.
有幾個人受了傷。

• person
意思是人，著重指個別人而言。

例

There's a young **person** to see you.
有個年輕人來看你。

He's a very important **person**.
他是一位很重要的人物。

There are only three **persons** in the room.
房間裡只有三個人。

Who is this **person**?
這傢伙是誰？
（這裡的 person 是用於貶低人的意思。）

202　problem / question　問題

• problem
意思是問題，通常指需要解決或決定的問題，尤指比較困難的問題。

例

It is a **problem** how to make both ends meet.
如何使收支平衡，那是個問題。

It is a difficult **problem**.
那是一個難題。

• question
意思也是問題，常指由於對某事感到疑惑不解而提出需要解答的問題。它也指需要解決或決定的問題，用於此義時，含有事件、事項的意味。

例

He asked me a lot of **questions**.
他問了我很多問題。

It is a difficult **question** to answer.
這是個難於回答的問題。

Success is only a **question** of time.
成功只是時間問題（遲早會獲得成功）。

203　product / production　產品

• product

意思是產品、產物，包括天然的或人造的。它是很普通的用語，多指工業產品，也指農產品，有時還指腦力勞動的產品，如文學藝術作品。

例

They are the chief **products** of Scotland.
它們是蘇格蘭的主要產品。

These are the **products** of our factory.
這些是我們工廠的產品。

This book is the cooperative **product** of several authors.
這本書是幾個作者合寫的。

• production

意思是生產、產品。它表示生產時，是指生產這一行為；表示產品時，多指腦力勞動的產品，如文學藝術作品等，但有時也指工業產品。

例

Production keeps going up.
生產在不斷上升。

I have read his early **productions** as a writer.
我讀過他早期的作品。

This television set is the **production** of a factory in Tainan.
這台電視機是台南一家工廠的產品。

204 propose / suggest   建議、提議

- **propose**

意思是建議、提議，是書面用語，帶有正式和嚴肅的語氣。

例

I **propose** an early start.
我建議及早開始（或動身）。

We **propose** that the house (should) be repaired.
我們建議對房屋進行修理。

- **suggest**

也表示建議、提議的意思，但沒有 propose 那樣正式。

例

I **suggest** a visit to the theatre.
我建議去看戲。

I **suggest** that we (should) begin at once.
我建議我們立即開始。

He **suggested** going to the Sun Moon Lake.
他建議去日月潭。

205 pupil / student 學生

• pupil
意思是學生，通常指中小學的學生，也可指向家教老師學習的學生。

例

They are secondary school **pupils**.
他們是中學生。

The **pupil** is doing his lessons.
這個學生在做功課。

She is giving piano lessons to two **pupils**.
她在教兩個學生彈鋼琴。

• student
意思也是學生，尤指大專院校的學生，也可指研究某門學科的人。

例

He is a **student** of Normal University.
他是師範大學的學生。

I am a **student** of Penton Teacher's College.
我是屏東師範學院的學生。

He is a **student** of bird life.
他是研究鳥類生活的人。

206 real / true 真正的

• real

意思是真正的、實在的。它表示事實上存在而不是想像或假設；表示真正的而不是假造的。

例

I wasn't dreaming – it was a **real** noise that I heard, and a **real** man that I saw.
我不是在做夢——我聽到的是真的聲音，我看到的是真的人。

I want **real** silk.
我要真絲。

This is not his **real** name.
這不是他的真名。

• true

意思是真實的、真正的。它表示與事實相符、確實的；還表示真正的、名副其實的。

例

Is it **true**?
這是真實的嗎？

Is it **true** that he has left London?
他真的已經離開倫敦了嗎？

True friendship lasts forever.
真正的友誼是永恆不變的。

207　reform / transform　改革、改變

- **reform**

意思是改革、改造，指改掉不完善的東西、缺點、毛病等。它通常指改革成一種新的形式、性質或品格。

例

We have **reformed** irrational rules and regulations.
我們改革了不合理的規章制度。

He has **reformed** himself.
他已改過自新。

- **transform**

意思是改變、改革、改造，既指改變外形，也指改變內在的性質、性格以及作用等。

例

A beard **transformed** him beyond recognition.
鬍鬚改變了他的相貌，讓人認不出來。

A steam engine **transforms** heat into energy.
蒸汽機使熱變為能量。

208 rescue / save 營救、挽救

- **rescue**

意思是救、營救、搶救。它多指採取迅速行動援救某人，使其脫離危險；或指營救某人，使其不受囚禁；也指搶救某物，使其不致毀壞。

例

He **rescued** the drowning child.
他把那個快要淹死的孩子救起來了。

They **rescued** the house from fire.
他們搶救了那棟房子，使它免於被燒毀。

- **save**

表示救、使脫險、挽救等意思時，是普通而含義廣泛的用語。它與 rescue 同義，著重指把某人或某物救出來，使之得以保全，繼續生存或存在。

例

We **saved** his life.
我們救了他的命。

They **saved** him from danger.
他們使他脫險了。

They fought bravely to **save** their country.
他們勇敢戰鬥以拯救自己的國家。

209 say / speak / talk / tell　説、講

• say

意思是説、講。它是很普通的用語，指用言語表達思想，著重於所説的內容。

例

What did he **say**?
他説了些什麼？

He **said** "Good morning" to his teacher.
他向老師説了聲「早安」。

He **said** that it was true.
他説那是真實的。

He **said** "Never mind."
他説：「沒關係。」

• speak

意思是説、談、説話、講話，可表示以任何一種方式説話。它著重於説話動作本身，而不著重於説的內容。它一般用作不及物動詞，與表示語言的字連用時，為及物動詞。

例

Please **speak** more slowly.
請説得慢一些。

The baby is learning to **speak**.
這小孩在學説話。

I shall **speak** to him about it.
我會跟他談談這件事。

She can **speak** English fluently.
她英語説得很流利。

- **talk**

意思是談話、講話，通常表示連貫地與別人談話。它著重於談話的動作本身，而不著重於內容。它一般用作不及物動詞，用作及物動詞時，只能與少數的字連用（如 nonsense、business 等以及表示語言的字）。

〔例〕

He was **talking** to a friend.
他在和一個朋友談話。

What are you **talking** about?
你們在談些什麼？

He went on **talking** for a long time, but he spoke so fast that few of us could catch what he said.
他滔滔不絕地講了半天，但是他說得太快，我們幾乎沒有什麼人能聽懂他在說些什麼。

She is always **talking** nonsense.
她總是愛說廢話。

- **tell**

意思是告訴、講述，指將某事講給別人聽。它有時還具有吩咐、命令等含義。

〔例〕

He **told** the news to everybody in the village.
他把這消息告訴了村子裡每一個人。

Tell me where you live.
告訴我你住在哪裡。

The old worker **told** us of (or about) his sufferings in a foreign country.
老工人跟我們講述了他在國外所受的苦。

She **told** me not to write the letter.
她叫我不要寫信了。

210 seat / sit 坐、就座

• sit
意思是坐、就座,通常用作不及物動詞。

例

Sit down, please.
請坐。

Let's **sit** down.
我們就座吧!

He's much better today. He's able to **sit** up in bed now.
他今天好多了,現在已經能在床上坐起來了。

• seat
多用作名詞,當它用作動詞表示坐、就座的意思時,是及物動詞,與反身代名詞連用,或用 be seated 這一形式。這種用法不如 sit 普通。

例

He **seated** himself at a desk.
他在桌旁坐下。

Please be **seated**, gentlemen.
請就座,各位先生。

211 shake / tremble / shiver / shudder
搖動、發抖

- **shake**

意思是搖動、抖動、發抖。指迅速、短促或激烈地向上下、前後或左右搖動。

例

He **shook** the fruit down.
他把果子搖落下來。

I **shook** him by the shoulder.
我猛搖他的肩膀。

A tree was **shaking**.
樹在搖晃。

He was **shaking** with cold (fear).
他冷（嚇）得發抖。

- **tremble**

意思是發抖、打顫，尤指身體不由自主（控制不住）的發抖，如因害怕或勞累等引起發抖。它也指某物搖動。

例

Let the murderer **tremble** before us.
讓謀殺犯在我們面前顫抖吧。

He **trembled** with fatigue.
他因勞累而發抖。

The leaves **trembled** in the breeze.
樹葉在微風中搖動。

- **shiver**

意思也是發抖、打顫,指身體輕微地顫抖,如因寒冷或害怕而引起顫抖。

例

He is **shivering** all over with cold.
他冷得全身發抖。

He **shivered** with fright.
他嚇得發抖。

- **shudder**

意思是發抖、戰慄,是指一種突然的、痙攣性的顫抖,如恐怖或厭惡等而引起顫抖。

例

She **shuddered** with horror.
她因害怕而發抖。

He **shuddered** at the very thought of such a thing.
他一想到這一件事就戰慄起來。

212　socks / stockings　襪子

• socks
意思是短襪，指不到膝蓋的襪子。

例

He bought a pair of nylon **socks**.
他買了一雙尼龍襪子。

My **socks** have been darned again and again.
我的襪子已經一補再補。

• stockings
意思是長襪，指到膝蓋或過膝蓋的襪子。

例

She bought a pair of silk **stockings**.
她買了一雙絲襪。

What size **stockings** do you wear?
你穿多大的襪子？

213 some time / sometime / sometimes
一些時間、某個時間、有時

• some time
常表示若干時間、一些時間的意思。

例

I received a letter from him **some time** ago.
我前些時候收到他的來信。

It will take you **some time** to do the work.
你需要花些時間做這項工作。

• sometime
常用做副詞。表示某個時間的意思，用以指不確定的時間。

例

I saw him **sometime** in May.
我曾在五月裡某個時候見過他。

He will come to our school **sometime** next week.
他將於下週的某個時候來我們學校。

注

some time 也可以表示某個時候的意思，用於此義時，可與 sometime 通用。

例

I'll go to London **some time** next year.
明年某個時候我將會去倫敦。

• sometimes
用作副詞，表示有時、不時等意思。

例

I **sometimes** go there.
我有時候會去那裡。

I have **sometimes** had letters from him.
我不時收到他的來信。

214 　story / tale　故事

- **story**

意思是故事。它是很普通、很通俗的用語,可以指口頭的或書面的,真實的或虛構的故事。

例

Tell me a **story**.
請講個故事給我聽。

Have you read the **story** about two young girls?
你讀過關於兩個年輕女孩的故事嗎？

The **story** has two parts.
故事有兩個部分。

- **tale**

意思也是故事。它是比較高尚或含有詩意的用語,多指虛構的或傳說的故事。

例

I will tell you an amusing **tale**.
我要跟你講一個有趣的故事。

It is a fairy **tale**.
那是一個神話故事。

215　stout / strong　強壯

這兩個字都可以用來形容人的體格，表示強壯的意思，但其含義各有所不同。

• stout
表示強壯的意思時，兼含有比較胖的意思，常指矮胖而結實敦厚的身體。

例

My brother is a **stout** man.
我兄弟是一個體格強壯的人。

She is a **stout** woman.
她是一個體格強壯的婦女。

• strong
表示強壯的意思時，指健壯或身強力壯的人。

例

He is as **strong** as a horse.
他健壯得跟馬一樣。

He is a **strong** man.
他是一個身強力壯的人。

216　subject / theme / topic　題目

• subject
表示題目的意思時,是應用最廣泛的用語,可指討論、研究、寫作或藝術創作等的題目。

例

Let's change the **subject**.
讓我們換個話題吧。

I have studied the **subject**.
我研究過這個題目。

What is the **subject** of his painting?
他這幅畫的題目是什麼?

• theme
意思是題目、主題,尤指文學或藝術作品的主題。

例

The students are discussing the **theme** of a novel.
學生們在討論小說的主題。

Waterfalls are from very early times a favourite **theme** for the painter.
瀑布很早就是畫家喜愛的主題。

• topic
意思是題目,指選定作為個人寫篇文章或一些人進行討論的題目。

例

The students were asked to write an essay on one of the assigned **topics**.
要求學生根據指定題目當中的一個寫文章。

Baseball is their favourite **topic** of conversation.
棒球是他們最喜歡談論的話題。

注

還有 title 一字,是指書籍、詩歌、圖畫等的名稱以及標題等。

217　till / until　直到……

● **till**

用作介系詞或接連詞時，常表示「直到……」的意思；否定句中時，表示「在……以前」、「到……（才）」等意思。在普通文句裡，till 用得較多。

例

I shall wait **till** ten o'clock.
我會等到十點鐘。

I lived in that city **till** I was fifteen.
我在那個城市裡一直住到十五歲。

Don't wake him **till** midnight.
午夜前不要叫醒他。

Don't go away **till** I come back.
在我回來以前你不要走開。

I did not know **till** now.
我直到現在才知道。

● **until**

也用作介系詞或連接詞，與 till 同義，但它多用比較正式的文體裡，且句首一般不用 till，而用 until。

例

I shall stay here **until** twelve o'clock.
我將在這裡一直待到十二點鐘。

Wait here **until** I come.
在這裡等到我來。

Until now I knew nothing about it.
直到現在我才知道這件事。

Until you told me, I had no idea of it.
在你告訴我之前，我對此一無所知。

218 triumph / victory   勝利

• triumph

意思是勝利，指輝煌的或決定性的勝利，含有使人為之歡欣鼓舞的意味。

例

We have achieved a great **triumph**.
我們取得了偉大的勝利。

They won a **triumph** over their enemies.
他們戰勝了敵人。

They returned home in **triumph**.
他們凱旋而歸。

• victory

意思是勝利，指在任何戰鬥、競爭、競賽、比賽中獲得的勝利。

例

The **victory** is not yet decided.
勝利尚未決定。

They fought hard for **victory**.
他們拚命戰鬥，以圖獲勝。

We won a **victory**.
我們贏得了勝利。

219　worth / worthy　值得……

• worth

用作形容詞時，表示「價值……」或「值得……」等意思。表示「價值……」的意思時，常與表示錢方面的字連用；表示「值得……」的意思時，常與動名詞連用；它一般用作補語。

例

It is **worth** ten dollars.
它價值十元。

The play is **worth** seeing.
這部戲值得一看。

This book is well **worth** reading.
這本書很值得讀。

• worthy

用作形容詞時，表示「值得……」的意思，與 of、to be 等連用，除在文學體之外，通常用作補語。它還表示可尊敬、有價值等意思，用作形容詞。

例

He is **worthy** of praise.
他值得表揚。

It is **worthy** to be considered.
這值得考慮。

He is a **worthy** son of the chief executive.
他是總經理的好兒子。